二見文庫

未亡人と三姉妹と

睦月影郎

目次

未亡人と三姉妹と

第一章　別人格で覚醒し――

1

（ああ、ここは病室か。じゃ僕は助かったんだ、あんな崖から落とされて……）

意識を取り戻した文彦《ふみひこ》は目を開け、白い天井を見上げて思った。

左腕には点滴をされ、鼻からは栄養チューブが差し込まれている。

レースのカーテン越しに青空が見え、柔かな陽射しが感じられた。

どうやら入院病棟の個室らしい。

まず彼は全身に痛みがないか確認してみたが、指先も手足も普通に動くし頭もはっきりしていた。

ふと顔を上げて枕元のプレートを見ると、『脳外科、平坂幸彦《ひらさかゆきひこ》、主治医、白石《しらいし》由利子《ゆりこ》』と書かれているではないか。

（名前を間違えている……）

平坂文彦は思ったが、免許証もなく、確か財布には銀行のキャッシュカードが入っているだけだ。二浪目に突入した二十歳で学生証も持っていない。カードはローマ字表記なので、主治医が急いでいて、ローマ字を読み間違えたのかも知れない。

再び仰向けになって力を抜き、また彼は目を閉じた。

するとドアがそっと開き、誰かが入ってきた。薄目で窺うと、見知らぬ美女、いや、まだ少女の面影を残した女性が入って来たではないか。私服なのでナースではない。

「お兄様、まだ目が覚めないの？」

彼女が可憐な声で囁き、ふんわりと温もりが顔を包み込んだ。

（誰だ、お兄様って……）

文彦は怪訝《けげん》に思い、なおも薄目で様子を窺うと、ショートカットで笑窪のある顔が迫り、何と唇が重なってきたのである。

（う……！）

文彦は驚き、危うく声を洩らすところだった。

柔らかな感触が密着し、ほのかに唾液の潤いが伝わり、彼女の鼻から洩れる熱い息が鼻腔を湿らせた。

思いもかけないファーストキスである。

文彦は中学高校時代から、ずっと勉強一筋で女性と話すと緊張してしまい、二十歳にもなって手を握ったこともない完全無垢であった。

それが見知らぬ美女が唇を重ね、熱い息を弾ませながら舌を這わせて彼の唇の内側や歯並びを舐め回してくるではないか。

文彦はムクムクと急激に勃起し、思わず歯を開いて舌を伸ばし、チロリと彼女の舌を舐めてしまった。生温かな唾液に濡れた舌は実に清らかで、柔らかく美味しかった。

「ピッ……」

しかし彼女が息を呑んで驚いたようにビクリと顔を離し、文彦も目を開いて彼女を見上げた。そして彼女は後ずさりしてドアを開け、小走りに出て行ってしまったのだった。

（何だったんだ、あの子は……）

文彦は呆然とし、甘酸っぱい残り香と唇や舌に残る感触を味わった。

すると間もなく、彼女が女医を連れて戻ってきたのである。三十代半ばほどの白衣の似合うメガネ美女、これが主治医の由利子だろう。

「目が覚めたのね、幸彦さん……」

由利子が言い、彼の寝巻を開くと胸に聴診器を当てた。

「気分はどう？」

「え、ええ……」

訊かれて、文彦は名前の間違いを訂正する気にもなれずに小さく頷いた。

由利子の傍らでは、キスした彼女が頰を染めて心配そうに彼を見つめている。

「ここはどこの病院ですか……」

文彦は身を起こしながら訊いてみた。何やら、自分の声ではないような気がして、全身にも何やら違和感があった。

「北茨城市内にある平坂病院よ。貴方のお父様が経営していた」

由利子が鼻から栄養チューブを抜きながら言い、キスした可憐な娘も甲斐甲斐しく彼の身体を支えて背もたれを上げてくれた。

（父が……？　そんな筈はない。僕には親父なんかいなかったはず……）

彼は思い、あるいは自分は幸彦という別の人間にされているのかも知れなかった。

しかし北茨城市というのは、確かに文彦が亡母と住んでいたアパートのある場所である。

「今日は何日ですか」

「五月二十日の朝よ」

では、自分は昨日、高校時代のいじめっ子に会い、断崖から落とされてから一晩しか経っていないことになる。

「お兄様は、半月間昏睡していたのよ。山でバイク事故を起こして」

「き、君は……？」

「祐美《ゆみ》よ！　忘れてしまったの？」
十八、九ばかりの彼女が泣きそうな目になって言う。
「ご、ごめんよ、何だか、頭がぼうっとして……」

「幸彦さんは、頭を打って半月前にここへ運ばれて、診察の結果奇跡的にどこも悪くないのに、目だけ覚まさなかったの」

由利子の言葉に、文彦も次第に事情が分かりかけてきた。

病床で母が言った言葉を思い出したのだ。

(あなたには、双子のお兄さんがいるのよ。もし私に何かあれば、平坂病院の院長を訪ねなさい。院長が、あなたの父親)

母はそう言い、先月に病死した。保険金は入ったが、大学受験も二浪目に入ってしまい、もう諦めて働こうかと思ったのだ。

そこでアパートを引き払い、まずは母が言っていた平坂病院を訪ね、自分のルーツを知ろうと思ったのである。

しかし中学高校から一緒だった不良たちにばったり会い、大学生の彼らに文彦は小突かれ、思わず足を踏み外して断崖から転落してしまったのだ。

記憶どおりに昨日のことなら、すでに事件か事故として扱われ、自分の肉体はどこかに保管されているかも知れない。

「どうも、記憶が……」

文彦は、自分の素性を明かさずに頭を押さえた。

「そう、無理しない方がいいわね。でも体は動くのだから、今日にでも家へ帰って療養するといいわ。祐美ちゃん、家に帰ってそのように伝えて。夕方にでも迎えに来てもらうように」

「ええ……」

由利子に言われ、祐美は彼が自分を忘れているようなのを不満げに小さく返事をした。

祐美が出ていくと、由利子が点滴を外してくれた。

「半月ぶりだから、おなかが空いているでしょう」

「いいえ、それより僕の服を」

文彦は言ってベッドを降り、まずはオシメを外して手早くシャワーを浴びた。

そして身体を拭くと、由利子が開けてくれた戸棚から出した服を着込んだ。

体型は引き締まって浅黒く、勉強漬けで運動音痴だった自分の肉体ではないように見える。しかし鏡を見ると、確かに自分の顔である。

(やはり、双子の兄の肉体に僕の精神が乗り移った……?)

文彦はそう思い、しばらくは幸彦のままでいようと思った。何しろ心が入れ替わったなど誰も信じてくれないだろう。

「ね、先生、ゆうべ五浦の崖で事故とかなかったですか」

「いいえ、特に聞いていないけれど。それより、どうしたの」

「すみませんが、車を出してもらえませんか。一緒に来てほしいんです」

文彦は手を合わせて懇願した。どうにも、文彦の肉体が気になるし、父の病院の医者なら我が儘もきいてくれると思ったのだ。

「ええ、お昼休みだからいいけど、その五浦へ？」

「そうです。お願いします」

彼の真剣な様子に、由利子も頷いてくれた。文彦はスニーカーを履き、一緒に病室を出ると、エレベーターで一階に下りて駐車場に出た。

肉体は半月ぶりに動いたようだが、特にフラつくこともないので、幸彦は彼よりずっと鍛えていたようだ。

由利子の車に乗り込むと、すぐに彼女はスタートしてくれた。

ここから五浦はそう遠くない。してみると母は幼い文彦を連れ、平坂の家を飛び出したものの、それほど遠くには行かなかったのだろう。

「具合は大丈夫？」

由利子がハンドルを操りながら言う。

「ええ、あの祐美という子は？」

「お屋敷に住んでいる三姉妹の真ん中よ。分からないの？」

「ええ、分かりません」

「困ったわ……。まあ夜にでも、日美子《ひみこ》さんから詳しく聞くと良いけれど」

日美子というのが、祐美の母親らしい。その人と三姉妹が、平坂の屋敷に住んでいるのだろう。

「院長である父は？」

「院長は先月亡くなったわ」

「え……？」

どうやら、奇しくも文彦の両親は先月のさして違わぬ時期に、それぞれ病死していたようだ。

「皆本《みなもと》日美子さんは院長の内縁の妻で、三姉妹は連れ子。そして院長の遺言は、幸彦さんが三姉妹の誰かと結婚して病院の経営を継いでほしいというものだったわ」

意外な展開に、文彦は頭が混乱してしまったのだった。

2

やがて海が見えてきて、三十分ほどで車は五浦に着いた。

観光地からは離れた場所の駐車場に車を止め、外に出ると初夏の風が心地よい。

文彦が崖の下の方へと回り込んでいくと、由利子もついてきた。

「何があるの、こんなところに……」

由利子は言ったが、文彦は何度か崖を見上げ、自分が落ちたらしい場所に見当をつけ、岩場を乗り越えて進んだ。

すると、波の打ち寄せる岩場の間に小さな砂浜があり、そこに自分の体が横たわっているではないか。

岩場の陰で、誰からも発見されなかったのだろう。

「いた！」

文彦は声を上げて駆け寄り、自分の肉体を見下ろした。うつ伏せでリュックを背負い、全身ずぶ濡れで砂にまみれている。

「まあ！」

追いついた由利子も声を上げ、文彦は自分自身を抱き上げて顔の砂を払った。

由利子も医者らしく首筋に手を当て、

「生きてるわ。でも、幸彦さんと同じ顔……」

彼女も気づいたように、思わず二人の顔を見比べた。

「双子なんです。それより救急車を」

言うと、由利子も急いで携帯を出して連絡した。

文彦は、彼女に手伝ってもらい自分自身を背負い、再び岩場を迂回して駐車場に行った。

寝たきりだったとはいえ力があるのか、さして重く感じられず難なく運ぶことが出来た。

リュックには、僅かな着替えと通帳、母の位牌が入っているだけだ。

それにしても、早く駆けつけたから息があったのは実に幸運だった。

してみると、不良たちは文彦が落ちたのを放置し、解散して口をつぐむことにしたのだろう。

「な、なぜあそこに倒れていると分かったの。半月も昏睡していたのに……」

由利子は唇を震わせ、とにかく文彦のリュックを降ろさせ、外傷がないか湿った服を脱がせて調べはじめた。

「夢の報せがありました。双子の弟が、ここに倒れているって」

「ふ、不思議なことだわ……」

由利子が呟くように言い、外傷がないことを確認したところで救急車のサイレンの音が近づいてきた。

やがて到着した救急隊員に、由利子は医師であることを伝え、平坂病院へ運ぶように言った。そして文彦の体が搬送されていくと、救急車を追うように二人も車を走らせた。

病院に戻ると由利子は急いで他の医師たちと一緒に文彦の肉体を精密検査し、やはりどこも悪くないと分かると、今まで幸彦が寝ていたベッドに寝かせることにしたのだった。

あとは、昏睡から覚めるのを待つだけだが、文彦の意識で目覚めることはないだろう。なぜなら自分は今、この幸彦の頭にいるのだから。

「手際の良い処置感謝します。安心したら腹が減りました」

「ええ、じゃ私も一緒に」

文彦が言うと、由利子も一緒に病院内のレストランに入った。

「よくなったばかりだから、消化の良い麺類の方がいいわね」

言われて、文彦は天ぷら蕎麦を食い、足りないのでコロッケ入りラーメンを空にして、ようやく落ち着いたのだった。

そして食後のコーヒーを飲みながら、文彦はいろいろと平坂家のことを由利子に聞いた。

病院長だった亡父は、医療関係の事業も展開して土地の名士だったらしい。

幸彦が跡を継ぐことになったようだが、大学生の彼は医学部ではなく、経営の方で稼業を支える予定らしい。

亡父が日美子と籍を入れなかったのは、幸彦と三姉妹が兄妹にならないような配慮で、ゆくゆくは皆本の一家を事業の中心にするつもりだったのだろう。

「それにしても、幸彦さんに双子の弟がいたなんて聞いていないわ。あるいは日美子さんは知っているのかも」

「どうやら母は、弟を連れて飛び出したものの、それほど遠くない場所でアパートを借りてパートをしていました」

双子が忌み嫌われる風習でもあったか、あるいは存命だった舅や姑と折り合いが悪かったか、それとも亡父の性格によるものか、とにかく母は一人の子だけを連れて出て行ったのである。

「それで、僕はどんな男なのです？」

「ええ、本人を前に言うのは決まり悪いけれど」

幸彦は、医学部を諦めて一浪し、経済学部に入った二年生、学業は平均の少し上だがスポーツ万能だったらしい。

友人は多いようだが、昏睡中に女性の見舞いは来なかったので、恋人などはいないらしい。

祐美も慕っているようだし、それほど性格の悪い奴でもなさそうだった。

あるいは幸彦も父親の意向を継ぎ、同居している三姉妹の誰かを結婚相手として選ぶつもりだったのかも知れない。

そして文彦が見たところ、祐美が一番幸彦に執心しているのではないか。

三姉妹は年子で、長女の弥巳《やみ》が二十歳の大学二年生で文彦と同級、次女の祐美が十九で一年生、三女の夜見《よみ》は十八で学生ではないらしい。

母親の皆本日美子は三十九歳、元は病院の事務員だったが数年前に夫は病死した未亡人、三姉妹を抱えて大変なので、院長が面倒を見ていたようだ。

今は院長不在のまま、由利子が采配を振って若い医師たちを従え、日美子も経営の方に従事しているが今日は家にいるらしい。

女医の由利子は三十五歳で、子はないバツイチということだ。

「それで、僕は童貞だったんでしょうか……」

美人女医と話しているうち、文彦は股間をムズムズさせながら小声で訊いてしまった。

普段の自分なら、こんなに長いこと美女と話す機会などないが、やはり異常な体験をしたことと、頑丈そうな幸彦の肉体だから思いきって言えたのだ。

「さあ、分からないわ。明るくて活発だったから、あるいは高校時代に体験しているかも。それに……」

由利子は、色白の頬をほのかに上気させて言いよどんだ。

「それに、何でしょう」

「本人の前だから正直に言うけれど、半月の昏睡でもあなたは相当にエレクトしていて、気の毒になって私は何度か指で……」

モジモジしながら言われて、文彦は完全に勃起してきてしまった。

こんな知的なメガネ女医が、指で射精させてくれていたのだ。いや、あるいは指ではなく口でしたり、跨がって挿入し、彼女も快楽を得ていたのではないだろうか。

双子の性格や肉体は違っていても、性欲だけはどちらも旺盛らしい。

「あ、あの、今もお願いできないでしょうか。股間が突っ張ってしまって……」

文彦は、目眩を起こしそうな羞恥と緊張の中で言っていた。

「出ましょう」

すると由利子が言って立ち上がり、会計をしてくれたので文彦も一緒にレストランを出ると、勃起を抑えるようにやや前屈みで歩いた。

大きな総合病院で、一階は各科の診察室に広い待合室、売店などがあり、二階から最上階の六階までが病棟。多くの医者やナース、患者が行き交っていたが、誰もがすれ違う由利子に会釈していた。

由利子は、相当に優秀な医師らしい。

その彼女が、一階の奥にある部屋に彼を招いた。入ると、そこは当直用の小部屋だが、由利子の私室のようになっている。

彼女は近くのマンション暮らしらしいが、急患などのためここに泊まり込むことが多いのだろう。ベッドにテーブル、バストイレもあるワンルームマンションのようだった。

ドアを内側からロックすると、由利子がすぐにも白衣を脱ぎ去った。生ぬるく甘ったるい匂いが揺らめき、もう承諾されたものと思い彼も手早く全裸になっていった。

どうせ主治医だから、彼の身体は由利子に隅々まで見られているだろうが、それでも美女の前で全て脱ぎ去るのは緊張した。

由利子も黙々とブラウスやスカートを脱ぎ去り、ブラやソックス、最後の一枚までためらいなく降ろして一糸まとわぬ姿になってしまった。

恐る恐る彼がベッドに横になると、枕には甘ったるい匂いが沁み付いていた。

由利子がメガネも外して添い寝してくると、文彦は吸い寄せられるように白く豊かな胸に顔を埋め込んでいった。

3

「ああ、嬉しい……」

文彦はうっとりと呟き、鼻先に迫る巨乳に顔を押し付け、チュッと乳首に吸い付いて舌で転がした。

「く……」

由利子が息を詰めて呻き、ちょうど腕枕する形になってきつく抱きすくめてくれた。生ぬるく甘ったるい体臭が鼻腔を満たし、彼は顔中を膨らみに押し付けて夢中で吸い、もう片方にも指を這い回らせた。

そして左右の乳首を交互に含んで舐めると、彼女も仰向けに身を投げ出した。

文彦はのしかかり、両の乳首を充分に味わうと、彼女の腕を差し上げて腋の下に鼻を埋め込んでいった。

スベスベの腋はジットリ湿り、鼻を擦りつけて嗅ぐと甘ったるく濃厚な汗の匂いが馥郁《ふくいく》と沁み付いていた。

彼はうっとりと酔いしれ、胸を満たしてから滑らかな肌を舐め降りていった。

由利子も目を閉じ、されるままになっていた。

文彦は初めて触れる女体に激しく興奮し、息を弾ませながら臍を舌で探り、張りのある下腹に顔中を押し付けて弾力を味わった。

まさか自分の人生で、こんな美人女医と初体験が出来るなど夢にも思っていなかったものだ。

この肉体は幸彦のもので、すでに体験しているかどうか分からないが、心は無垢な文彦なので、その興奮に操られるようにペニスも雄々しく勃起して脈打っていた。

しかし肝心な部分は後回しにして、彼は腰から太腿を舐め降りていった。

本当は早く割れ目を見たり舐めたりしたいが、それだとすぐ挿入してあっという間に終わってしまうだろう。

由利子も仕事があるだろうし、そう長く姿をくらましていられないかも知れないが、彼はスラリとした脚を舐め降りていった。

足首まで行くと足裏に回り込み、踵から土踏まずに舌を這わせ、形良く揃った指の間に鼻を割り込ませて嗅いだ。そこは生ぬるく湿り、ムレムレの匂いが濃く籠もって鼻腔を刺激してきた。

(ああ、美女の足の匂い……)

文彦は感激に胸を弾ませ、蒸れた匂いを貪ってから爪先にしゃぶり付き、順々に指の股に舌を潜り込ませた。

「あう……」

由利子はビクリと身を強ばらせて呻《うめ》いたが、拒むことはしなかった。

味わい尽くすと、もう片方の爪先もしゃぶり、味と匂いが消え去るほど貪り尽くしてしまった。

「どうか、うつ伏せに」

いったん顔を上げて言うと、由利子も素直に寝返りを打って腹這いになってくれた。彼は踵からアキレス腱を舐め上げ、脹《ふく》ら脛《はぎ》から汗ばんだヒカガミ、太腿から尻の丸みを舐め上げていった。

そして腰から滑らかな背中に舌を這わせていくと、ブラのホック痕からは淡い汗の味が感じられた。

「アア……」

背中は案外感じるようで、由利子は顔を伏せたまま熱く喘いだ。

文彦は肩まで行って髪の匂いを嗅ぎ、耳の裏側の湿り気も嗅いで舌を這わせると、再び背中を舐め降り、脇腹にも寄り道しながら豊満な尻に戻った。

うつ伏せのまま股を開かせて間に腹這い、尻に迫りながら指でグイッと谷間を広げると、薄桃色の蕾がひっそり閉じられていた。

美人女医の谷間の奥に、こんなにも可憐な蕾があるのが大変な発見のように思え、彼は鼻を埋め込んでいった。顔中に弾力ある双丘が密着し、蕾に籠もる蒸れた匂いが鼻腔を刺激してきた。

舌を這わせて細かに収縮する襞を濡らし、ヌルッと潜り込ませて滑らかな粘膜を探ると、

「あう……」

由利子が呻き、反射的にキュッときつく舌先を締め付けてきた。

舌を出し入れさせるように蠢《うごめ》かせ、淡く甘苦い粘膜を味わうと、

「そ、そこダメ……」

彼女が言って寝返りを打ってきた。

文彦も顔を上げ、再び仰向けになる彼女の片方の脚をくぐり、腹這いになって股間に顔を迫らせた。そして白くムッチリした内腿を舐め上げ、とうとう女体の神秘の部分に到達したのである。

もちろんネットの裏画像などで女性器を見たことはあるが、やはり生身を前にした興奮は計り知れなかった。

股間の丘には柔らかそうな恥毛がふんわりと煙り、内腿の間には熱気と湿り気が籠もっていた。

割れ目からはピンクの花びらがはみ出し、すでにヌラヌラと大量の愛液に潤っているではないか。やはり彼女は、昏睡していた幸彦の肉体を弄んで快楽を得て

いたのだろう。

そっと指を当てて陰唇を左右に広げると、さらに濡れた柔肉が露わになった。

「く……」

触れられた由利子が息を詰め、ビクリと下腹を波打たせた。

艶めかしく息づく膣口からは、うっすらと白っぽく濁った本気汁が滲み出し、ポツンとした小さな尿道口も確認できた。

包皮の下からは、小指の先ほどもあるクリトリスが真珠色の光沢を放ち、ツンと突き立っていた。

もう我慢できず、文彦は顔を埋め込んで恥毛に鼻を擦りつけて嗅いだ。

隅々には熱気とともに、腋に似た甘ったるい汗の匂いと、ほのかな残尿臭が悩ましく混じって鼻腔を掻き回してきた。

「いい匂い」

「あう、ダメ、早く入れて。シャワーも浴びていないのに……」

思わず股間から言うと、由利子が激しく内腿で彼の両頬を挟み付けて呻き、クネクネと身悶えた。

ナマの匂いに噎《む》せ返りながら舌を挿し入れ、膣口を掻き回すとヌメリと淡い酸味が含まれ、すぐにも舌の動きが滑らかになっていった。

ゆっくり味わいながら柔肉を舐め上げ、クリトリスに達すると、

「アアッ……！」

由利子がビクッと顔を仰け反らせて喘ぎ、顔を挟む内腿に激しい力を込めた。

彼はもがく腰を抱え込み、チロチロと執拗にクリトリスを舐め回した。

白く張りのある下腹がヒクヒクと波打ち、潤いも格段に増してきた。

文彦はクリトリスを舐めながら、これから初体験する膣口に指を押し込み、小刻みに内壁を擦ると、

「い、いく、ダメ……、ああーッ……！」

由利子が声を上ずらせ、ガクガクと狂おしい痙攣を開始した。やはり昏睡している幸彦を弄ぶだけあり、バツイチで飢えているのではないか。

やがて彼女がグッタリと四肢を投げ出し、ノロノロと彼の顔を股間から追い出そうとするので、文彦も充分に味と匂いを堪能してから股間を這い出し、彼女に添い寝していった。

由利子はハアハアと荒い息遣いを繰り返し、愛撫されなくてもビクッとたまに全身を痙攣させていた。

彼は由利子の手を握り、ペニスに導いた。すると彼女もニギニギと優しく弄んでくれ、徐々に呼吸も整ってきた。

「舐められていったの初めて……、いけない子だわ……」

由利子が言い、ゆっくりと身を起こしてペニスに顔を寄せてきた。

そして粘液の滲む尿道口を舐め、スッポリと含んでくれたのだ。

「ああ……」

文彦は初めての快感に喘ぎ、全身を強ばらせて美女の口腔を味わった。

由利子は張り詰めた亀頭をしゃぶり、喉の奥まで呑み込むと、熱い息を股間に籠もらせながら幹を締め付けて吸い、舌をからめはじめた。

滑らかな舌が蠢き、たちまち彼自身は美女の清らかな唾液にまみれ、急激に絶頂を迫らせていった。

「い、いきそう……」

文彦が震えながら口走ると、すぐに由利子もスポンと口を引き離してくれた。

そして身を起こして前進し、彼の股間に跨がると、自らの唾液に濡れた先端に割れ目を押し当ててきたのだ。

位置を定めると息を詰め、彼女はゆっくりと腰を沈み込ませていった。

屹立した彼自身は、ヌルヌルッと滑らかな肉襞の摩擦を受け、完全に根元まで納まってしまった。

「アア……、いいわ……」

ピッタリと股間を密着させて座り込むと、由利子が喘ぎ、目を閉じて顔を仰け反らせた。

文彦も熱く濡れた膣内に締め付けられ、初体験の快感に息を弾ませた。

やがて由利子が身を重ねてきたので、彼も下から両手でしがみついた。

胸に乳房が密着して弾み、恥毛が擦れ合い、コリコリと押し付けられる恥骨の膨らみも伝わってきた。

動かなくても、温もりと収縮で、すぐにも果てそうである。それは由利子も承知しているようで、しばらくは動かずにいてくれたのだった。

4

「ね、メガネを掛けて……」

由利子の重みと温もりを感じながら言うと、彼女も手を伸ばして枕元のメガネを掛けてくれた。

整って美しい素顔も魅惑的だが、やはり最初に見たときの知的な印象が大きかったのだ。

「昏睡中の僕にしたのは、指だけ？」

訊いてみると、言葉に反応したように膣内がキュッと締まった。

「ううん、おしゃぶりして、口に出されて飲んだこともあるし、こんなふうに跨がって一緒にいったこともあるわ」

由利子が正直に答えてくれた。

そんな刺激で、急に幸彦が目を覚ましたらどうするかという心配以上に、彼女自身の欲求が大きかったのだろう。

そして当然ながら、入院以前の幸彦とは、由利子は何の行為もしていないようだった。

やがてじっとしていても溢れる愛液が陰嚢《いんのう》の脇を伝い流れ、彼の肛門の方まで生温かく濡らしてきた。

すると待ち切れないように由利子も徐々に腰を動かしはじめ、彼も合わせるようにズンズンと股間を突き上げはじめた。

「アア、両膝を立てて。激しく動くと抜けちゃうから……」

由利子が熱く囁くので、彼もしがみつきながら両膝を立て、蠢く豊満な尻を支えた。

彼が昏睡中で動けないときは、由利子も自分勝手に動け、絶頂のタイミングが計りやすかったのだろう。

ぎこちない突き上げも、次第にリズミカルに一致しはじめると、二人の接点からクチュクチュと淫らに湿った摩擦音が聞こえてきた。

文彦は、少しでも長くこの快感を味わいたくて、必死に肛門を締め付けて暴発を堪えていたが、いったん動くと快感に腰が止まらなくなってしまった。

下から顔を引き寄せ、ピッタリと唇を重ねると、

「ンン……」

由利子も押し付けて鼻を鳴らし、ヌルリと舌を潜り込ませてくれた。

文彦も舌をからめ、温かな唾液に濡れて滑らかに蠢く美女の舌を味わった。

前に祐美と舌が触れ合ったのはほんの一瞬だったから、今回はじっくりと美女の唾液のヌメリと舌の感触を堪能した。

鼻から洩れる息を嗅ぐと、それほど匂いはないが鼻腔が熱気に満たされた。

「アア、いきそうよ……」

腰の動きを速めると彼女が口を離し、淫らに唾液の糸を引きながら言った。

口から吐き出される息を嗅ぐと、それは花粉のような甘い刺激を含み、鼻腔が熱く刺激された。

「しゃぶって……」

由利子の口に鼻を押し込んでせがむと、彼女もヌラヌラと舌を這わせ、文彦の鼻の穴を舐め回してくれた。

彼は胸いっぱいに美女の唾液と吐息の匂いを吸い込み、とうとう締め付けと摩擦の中で昇り詰めてしまった。

「い、いく……、気持ちいい……！」

口走りながら快感に貫かれ、ありったけの熱いザーメンをドクンドクンと勢いよくほとばしらせると、

「か、感じる……、アアーッ……！」

奥深い部分に熱い噴出を受け止めた途端、由利子は声を上ずらせてガクガクと狂おしい痙攣を開始した。さっきは舌と指で果てたが、それとは比べものにならない快感のようである。

膣内の収縮も最高潮になり、グリグリと股間を押しつけ、快感に任せて彼の顔中を舐め回してくれた。

「ああ……」

文彦は喘ぎ、美女のオルガスムスの凄まじさに圧倒されながら快感を味わい、心おきなく最後の一滴まで出し尽くしていった。

すっかり満足しながら徐々に突き上げを弱めていくと、由利子も肌の強ばりを解いて、遠慮なくグッタリと体重を預けてきた。

まだ膣内の収縮は続き、そのたびに彼はピクンと過敏に幹を跳ね上げた。

「あう、もうダメ……」

由利子は呻き、完全に力を抜いてもたれかかった。

文彦は美女の重みと温もりを感じ、熱い吐息を嗅ぎながら、うっとりと快感の余韻を味わった。

やはり自分でするオナニーの絶頂とは全然違う。何しろ、女性と一つになって一緒に果てるというのは、何にも代えがたく貴重な体験であった。

やがて呼吸が整わないまま、由利子がそろそろと身を起こしてティッシュを取り、引き離した股間に当てた。

手早く割れ目を拭うと、彼女は文彦のペニスも優しく拭いてくれた。これも、自分で空しく拭くのと違い、女性が処理してくれるのは実にありがたかった。

「さあ、シャワーを浴びて」

由利子が言ってベッドを降りると、自分は仕事があるので鏡を見て髪を直しただけで、すぐにも身繕いをはじめた。

文彦はバスルームに入ってシャワーを浴び、用意されたバスタオルで手早く身体を拭くと、彼も急いで服を着た。

「もう間もなく、日美子さんが迎えに来ると思うわ」

由利子が言う。白衣姿に戻ると、今の出来事など何もなかったかのように颯爽としていた。

「ええ、僕は一度、弟の様子を見にいってきます」

「それなら一緒に行きましょう。日美子さんにも事情を話さないと」

由利子は答え、一緒に部屋を出てエレベーターに乗った。

六階まで上がると、由利子は少しナースステーションに寄ったので、文彦は先に一人で奥の病室へと行った。

中に入ると、昏睡している文彦の傍らに、四十前の美女がいた。

どうやら、これが日美子のようだ。アップにした髪に、ブラウスの胸が由利子以上に豊かだった。

「まあ……！」

入ってきた文彦を見て、日美子は息を呑んで硬直した。

「あ、僕が幸彦です。昼に目が覚め、これは双子の弟の文彦」

言って近づくと、日美子は口を手で押さえたまま、まじまじと二人の顔を見比べた。

「そ、そう……、顔が同じなのに、筋肉が落ちているので心配したのだけど、これが文彦さん……」

どうやら日美子は、そのことを亡父から聞いていたらしい。

と、そこへ由利子が顔を出し、

「日美子さん、ちょっと」

言われて、日美子は病室を出ていった。

残った文彦は、昏睡している自分の肉体を見下ろした。特に、寝巻がはだけた様子もないので、日美子は何もしていないのだろう。

（僕は、こんな顔をしていたのか……）

鏡とは少し違う印象で見下ろし、それでもうんと不細工ではない。

オナニーのとき、自分のペニスに口が届いたら気持ち良いかも知れないと思ったこともあるが、もちろん今は自分のペニスをしゃぶる気はない。

とにかく、由利子は今まで通り、文彦の肉体を介護してくれるだろう。

間もなくドアが開いて日美子に呼ばれたので、文彦も病室を出た。

「白石先生から聞いたわ。記憶が無いのですって?」

「え、ええ……」

「じゃ私の顔も忘れている?」

「すみません、初対面の感じです」

「そう、でも体が動くのなら、一緒に帰りましょう」

言われて頷き、文彦と日美子は由利子に挨拶し、病院を出た。駐車場にある車に案内され、助手席に乗るとすぐに日美子もスタートした。

「良かったわ。目が覚めて。すぐに記憶も戻るでしょう」

日美子が言ってハンドルを操り、やがて車は市街地から海とは反対側の山へと向かった。

たちまち新緑が多くなり、人家もまばらになってきた。

陽は傾き、夥《おびただ》しい鳥の鳴き声が聞こえた。

そして病院から二十分ほど走ったところで舗装道路が切れ、山道に入って揺れたが、間もなく家に着いた。

『平坂』の表札のある、大きな長屋門から玄関先に車を入れて停め、降り立った文彦は屋敷の大きさに目を見張った。

庭も広く、二階建ての母屋は旅館のような瓦葺きの旧家だが、だいぶ改装されたらしく窓は全てサッシになっている。

他に軽自動車が一台停まっていて、女物の電動自転車などもあるので、あるいは祐美のものかも知れない。

すると音を聞きつけたか、エプロン姿の祐美が飛び出してきたのだった。

5

「お帰りなさい、お兄様」

祐美が言い、手を取るように文彦を玄関に招き入れた。

彼が物珍しげに中を見回すので、やはりまだ記憶が戻らないのかという様子で少し祐美が顔を曇らせた。

何しろ彼は亡母と一緒に、町外れにある2Kのアパートで暮らしていたのだ。

スニーカーを脱いで上がり込むと、

「お部屋を案内して上げて」

日美子が言い、祐美が仕度していたらしい台所へと向かった。

そして祐美が彼を各部屋に案内しようとすると、奥から長身でポニーテールの美女が姿を現した。

「目が覚めたのね。お帰り」

「ええと……、弥巳さんかな」

言われて戸惑ったが、タメ口なので同い年の長女、弥巳だろうと思った。

「やだ、弥巳って呼ばないの？　やっぱり祐美が言ってたように記憶が」

弥巳が戸惑ったように言った。あとで聞くと、大学へは軽自動車で通い、いま帰宅したばかりらしい。

やがて弥巳と祐美の姉妹は、本当に何も覚えていないらしい彼を各部屋に案内してくれた。

二階へ行くと、それぞれ弥巳と祐美の部屋があり、二階にもトイレ。あとは亡父の書斎や客間、納戸や何も使われていない部屋があり、本当に旅館でも出来そうだった。

それでも姉妹の部屋には近代的なドアが着けられ、開けて中を見るとベッドにオーディオセットなど、ごく普通の女の子の部屋らしかった。

弥巳は大学二年でスポーツ生態学科、本人も陸上のアスリートらしい。

祐美は国文科で、姉妹の顔はあまり似ていない。

階下に降りると、広い台所に食堂、リビングに日美子の寝室とバストイレ、そして玄関脇に幸彦の部屋があった。

さすがに姉妹たちと同じ二階ではないようだ。

入ると、机に本棚にベッド、ダンベルに空手着。本の背表紙も、武道関係が多く幸彦自身、空手部で有段者のようだ。

「それで、三女の夜見さんは?」

「やっぱり、会わせないといけないわね。祐美お願い」

訊くと弥巳が言い、あとは祐美に任せて二階へ上がってしまった。

「こっち」

祐美が言い、彼を奥へと案内した。そして廊下を進むと、離れらしい建物に移った。

引き戸を開け、さらに暗い廊下の向こうに、もう一つ戸があって、開けると甘ったるい濃厚な匂いが感じられた。

見ると、何と太い格子が縦横に張り巡らされた座敷牢ではないか。

灯りは点き、中は八畳ほどの畳敷きに布団も敷かれ、隅の板の間には和式の水洗便器も置かれていた。

そして布団に横たわっている白い寝巻の、長い髪の子がいきなり身を起こし、こちらににじり寄って格子を摑んだのだ。

色白で、ぞっとするほど美しい少女だが、その切れ長の目は鋭かった。

そして三姉妹とも、あまり顔は似ていないようだ。

「夜見、お兄様が帰ってきたわ」

祐美が言っても、夜見はじっと文彦の目を睨み付けている。

「た、ただいま……」

文彦が言うと、夜見は口を開いて摑んだ格子を揺すった。

「誰、幸彦兄様ではないわね。何が乗っ取っているの」

「え……」

言われて文彦は硬直した。

「何を言ってるの。さあ、すぐお夕食だから待っててね。行きましょう」

祐美が促し、文彦も夜見に心を残しながら視線を外し、一緒に離れを出た。

やがて祐美が戸を閉めると、廊下を戻りながら言った。

「春に高校を出るまでは普通だったけど、急に癇が強くなって暴れたりするので閉じ込めてるの」

祐美は言うが、先々月から夜見を閉じ込めているとは言え、座敷牢は古いものだったから、前々からここに閉じ込められる者が一族にはいたということではないか。

「何も覚えていない?」

「うん……」

「三人のうちの一人と結婚するという話は?」

「それは、何となく聞いた」

「そう、弥巳姉さんには彼氏がいるわ。夜見はあの通りだから、私を選んで」

暗い廊下で、祐美が身を寄せて囁く。

皆本の母娘たちは、三年前からここに住んでいるらしく、ずっと祐美は幸彦を慕っていたようだ。

「そうした約束とかは？」

「口に出して言ってはいないけど、きっとお兄様もそう思っていたはずよ」

祐美が言う。してみると、まだ肉体関係などはないのだろう。

「眠っている僕にキスしてくれるのは、いつものこと？」

「え、ええ、キスすると目が覚めるかも知れないと思って。初めての時はドキドキしたけど……」

やはり目が覚めているときは、二人は唇も重ねていなかったらしい。

「でも今日、初めて舌が触れ合ったから驚いてしまって……」

「嫌じゃなかった？」

「ええ、目が覚めたのだから、もう一度して……」

祐美が、つぶらな眼差しで訴えかけた。文彦も勃起しながら、この可憐な美少女に顔を寄せ、そっと唇を触れ合わせた。

「ンン……」

祐美が熱く鼻を鳴らし、激しくしがみついてきた。

彼も美少女の唇の感触と唾液の湿り気を味わい、そろそろと舌を挿し入れて滑らかな歯並びを左右にたどった。

するとど彼女も歯を開いて侵入を受け入れ、触れ合わせるとチロチロと滑らかに舌をからめてくれた。

文彦は美少女の生温かな唾液を味わい、蠢く舌を堪能した。

「ああ、もうダメ、倒れそう……」

祐美が言って口を離すと、甘酸っぱい吐息が温かく鼻腔を刺激した。

文彦は痛いほど股間を突っ張らせたが、あまり長く廊下にいるのも変に思われるだろう。

それに、これから同じ屋根の下で暮らすのだから、いくらでも機会はあるだろうと、懸命に彼女を引き離し、また二人で歩いて母屋へと戻った。

「夜見にも会ったのね。じゃとにかくお風呂に入って」

台所から日美子が出てきて言ったので、文彦も彼女が出してくれた着替えを受け取った。

祐美も、キスの余韻を味わいたいのか二階へ上がってしまった。

文彦は入浴前にトイレで用を足し、脱衣所に入って脱いだものを日美子に言われたように洗濯機に入れた。中は空で、姉妹や美熟女の下着などは入っていなかった。

浴室に入ると、大きなバスタブに湯が張られ、洗い場も広いので三人ぐらい一度に入れそうである。

文彦は童貞を失ったばかりのペニスにシャワーの湯を掛け、まずはボディソープを泡立てて半月分の垢を洗い流した。

体と髪を洗い、そこにあった剃刀で伸びた髭を剃った。

髪も伸びているだろうが、元々運動部で短髪だったらしく、それほどみっともない伸び方にはなっていない。

やがて湯に浸かり、今後のことを考えたが、とにかく全ては文彦が昏睡から覚めてからのことだろう。そこで、今のこの自分の意識がどちらの肉体に移るのか分かるに違いなかった。

(それにしても……)

夜見がいきなり文彦を見て疑問を口にしたときは驚いた。癇性《かんしょう》と言っていたが何やら霊感めいた能力もあるのかも知れない。

やがてゆっくり湯に浸かり、風呂から上がってさっぱりしながら、洗濯済みの下着と服を着たのだった。

日も落ち、夕食の仕度も調ったようだ。

弥巳と祐美も降りてきて、日美子は夜見の分を膳に乗せて離れに運んですぐに戻ってきた。

「ビールは？」

「僕は飲んでいたんですか。じゃ一杯だけ」

アルコールを嗜む習慣はなかったが、少しだけなら飲める。

日美子に注いでもらうと弥巳も飲み、四人でサラダとクリームシチューの夕食を囲んだのだった。

そして夕食後に少しテレビを観てから、弥巳と祐美は二階に引き上げ、日美子も夜見の空膳を回収して洗い物をはじめた。

「あとでお話があるので、お部屋へ行くわ」

「分かりました」

文彦は答えて自室に入り、用意されていたパジャマに着替えると、間もなく日美子が顔を覗かせたのだった。

第二章　熟れた未亡人の肌

1

「じゃ私のお部屋へ来てくれるかしら」

日美子に言われ、文彦は部屋を出て一緒に奥の寝室に行った。

もう戸締まりも済み、他の部屋の灯りも消されていた。

弥巳と祐美ももう二階から降りてこないようだし、離れの夜見も静かにしているらしい。

日美子の部屋に入ると、元は夫婦の寝室だったらしくダブルベッドが据えられていた。屋敷の外見は完全な和風の旧家だが、室内は離れを除いて全て洋風に改築されている。

棚には文彦の亡父、平坂睦郎《むつろう》の写真が立てかけられていた。見た目は精力的で淫猥そうな坊主頭の肥満体型、死因は脳卒中で享年は五十五歳だったようだ。

文彦の亡母が逃げたのか、睦郎が追い出したのか分からないが、とにかく初めて見る父の面影に、彼はそっと手を合わせた。

「家に戻っても、まだ何も思い出せない？」

日美子がベッドの端に腰を下ろして言い、彼には化粧台の椅子を指した。

文彦も座り、室内に籠もる生ぬるく甘ったるい匂いに股間をムズムズさせてしまった。

何しろ今日は、昼間に可憐な祐美とファーストキスをし、午後には颯爽たるメガネ女医の由利子と初体験をしたのだから、今夜は寝しなに熱烈なオナニーをしようと思っていたのである。

「ええ、まるで初めて来た家です」

「そう……、文彦さんという双子の弟がいるという話は、睦郎さんから亡くなる前に聞いていたわ。白石先生の話では、夢に見て五浦の海岸に倒れていることが分かったとか」

「ええ、先生は信じてくれて、すぐ行動を起こしてくれたのでありがたかったです」

「本当に不思議なことだけど、双子にはそうしたテレパシーがあるのかも知れないわね。あとは、文彦さんが目を覚ますのを待つだけだわ」

日美子は言い、話を変えるように小さく溜息をついた。まだ入浴前でブラウスにロングスカート姿である。

「それで、睦郎さんの遺言で、あなたには三姉妹から一人を選んで結婚して欲しいのだけど、弥巳は彼氏がいるし、夜見は夢うつつの状態が続いているので」

「ええ、祐美ちゃんは毎日僕を見舞ってくれていたようですから、全然嫌ではないです」

「そう、今すぐというわけではないけれど、そういう心づもりでいて欲しいわ」

日美子が言い、少し安心したように頷いた。

「なぜ母は、文彦だけ連れて出ていったんでしょう」

訊いてみると、日美子も多少の事情は知っているかのように重々しく頷いた。

「それも亡くなる間際に聞いたのだけど、睦郎さんは体の丈夫な幸彦さんばかり可愛がって、文彦さんには虐待のようなことをしてしまったって、後悔しながら打ち明けてくれたわ」

「そう、でも同じ町に住みながら探そうとしなかったんだし」

「ううん、密かに送金しようとしたようだけど、文彦さんのお母さんの心はすっかり離れて拒んだって」

「そうだったんですか……」

文彦は答えた。まあ、すでに両親ともいないので、細かなことはもう分からないだろう。

「あの、それで幸彦、僕はどんな男だったのですか」

文彦は訊いてみた。

「さっぱりした性格で真面目だわ。スポーツマンで三人の子たちの面倒見も良くて、大学では空手部に熱中して、休日はツーリング」

日美子が言うので、どうやら三姉妹に手を出したり、この日美子との関係もなさそうだった。

美人母娘たちと同居し、何もしないというのは文彦には理解できないが、あるいは陰で下着を嗅いだりしてオナニーは旺盛だったのかも知れない。由利子の話では、年中勃起して相当に性欲は強いようだったのだ。

「何か気になる？」

「いえ、そんな良い性格で、僕には特定の彼女とかいなかったんでしょうか」

「いなかったと思うわ。高校は男子校だったし、浪人時代は予備校に通って真面目にやっていたし、今も空手部でしごかれて、やっと二年生になったところなのだから」

「そうですか……、じゃ童貞だったのかも。僕は日美子さんを何て呼んでいましたか」

「今と同じ、日美子さんよ」

「その、手ほどきを受けたいとか、そんな素振りは全く……？」

彼がモジモジして言うと、日美子は目を丸くした。

「まあ、ずいぶん正直になったのね。心の中までは知らないけど、思春期だからそんな気持ちにはなったのでしょうね。ただ祐美を可愛がっていたから、私のことは母親のように思っていたのかも」

「そう、でも祐美ちゃんにも手は出していないようですね」

「それは、母親だから分かるわ。幸彦さんは体は頑丈だけど、まだ幼い感じだから二人とも子供のようだわ」

日美子は言い、熱っぽい眼差しでじっと彼を見つめた。

「それで、私とは初対面のような感覚で、どんな気持ち？　手ほどきを受けたいとか？」

訊かれて、文彦は激しく勃起してきてしまった。

「え、ええ、なんて綺麗な人だと思ったし、どうにもモヤモヤしてしまって」

彼は正直に答えた。

以前の自分なら恥ずかしくてとても口に出せないことも、自分の肉体でないと思うと、双子とはいえ素直に言えるのである。

それに非現実的な出来事だから、まるで夢の中にいるような気持ちなのだ。

「してみたい？　私と」

「お、お願いできますか……」

文彦は激しく胸を高鳴らせ、身を乗り出すようにして言った。

すでに童貞ではないのだが、無垢を装った方が何でもしてくれそうである。

それに主治医とはいえ、由利子だって彼との肉体関係のことなど日美子に言ったりしないだろう。

「いいわ、いずれ祐美と結ばれるにしても無垢同士では分からないでしょうし」

日美子が言って立ち上がった。

「じゃ急いでお風呂入ってくるから、脱いで待ってて」

「い、いえ、初めてなのでナマの匂いも知りたいから、どうか今のままで」

文彦も立ち上がり、勢い込んで懇願した。

「まあ、そんな子だったの……？」

「どうかお願いします」

「そんなことなら、急いで入浴してからお話しすれば良かったわ」

日美子は言いながらも、部屋を出て行こうとはしなかった。

あるいは四十歳を目前にした熟れ肌を持つ彼女自身、若くて頑丈な幸彦に欲望を抱いていたのかも知れない。

「ダメですか……？」

「ううん、いいわ。恥ずかしいけれど、どうしてもと言うのなら」

追い縋《すが》るように言うと、ようやく日美子もベッドに戻ってブラウスのボタンを外しはじめてくれた。彼の熱意で諦めたというより、日美子も我慢できないほど高まってきたのではないか。

あるいは由利子のように、彼女も昏睡中で勃起した幸彦を弄んだことぐらいあるのかも知れない。

服を脱いで見る見る白い熟れ肌が露わになってゆくと、室内にさらに生ぬるく甘ったるい匂いが新鮮に立ち籠めた。

文彦も手早くパジャマと下着を脱ぎ去り、先に全裸になってベッドに横たわった。やはり枕には甘い匂いが濃く沁み付き、その刺激で彼自身ははち切れそうに屹立した。

やがて日美子も最後の一枚を脱ぎ去って添い寝してくると、その肉体は実に豊満で、由利子以上の爆乳だった。そして脱ぐと、今まで服の内に籠もっていた熱気が、濃い匂いを含んで彼の鼻腔をくすぐってきた。

「好きにしていいかしら」

日美子が近々と文彦を見下ろして囁くと、彼も仰向けになって小さく頷いた。

すると白い顔が迫り、そのままピッタリと唇が密着してきた。

柔らかな感触が押し付けられ、ヌルリと舌が潜り込んで、さらに彼女の指先が乳首を弄んだ。

まるで、いずれ娘婿になる男を、母親が一足先に味見するようだ。

文彦も侵入を受け入れ、ぽってりと肉厚の舌をチロチロと舐め回し、生温かな唾液のヌメリを味わった。

「ンン……」

日美子が熱く呻き、湿り気ある吐息が鼻腔を満たした。美熟女の息は白粉に似た甘い刺激を濃厚に含み、うっとりと胸に沁み込んできた。

彼女も息を弾ませて念入りに舌をからめ、文彦の肌を撫でながら股間に達し、やんわりと強ばりを握ってきたのだった。

2

「大きいわ、すごく硬い……」

ニギニギと愛撫しながら唇を離し、日美子は熱く囁いて顔を文彦の股間に移動させていった。

そして彼女は股間に腹這い、彼の両脚を浮かせてオシメでも当てる格好にしたのである。

「ああ……」

文彦は、股間も尻の谷間も丸見えにされ、羞恥と興奮に喘いだ。

するとＨ美子は、何と真っ先に彼の尻の谷間に舌を這わせてきたのだ。

チロチロと肛門で舌先が蠢き、熱い鼻息が陰嚢をくすぐった。さらにヌルッと舌が潜り込むと、

「く……！」

文彦は妖しい快感に呻きながら、思わずキュッと肛門で美熟女の舌先を締め付けた。内部でもクチュクチュと舌が蠢き、さっき風呂で中まで洗えば良かったと思ってしまった。

この上品な美熟女の大胆な愛撫は、内縁の妻となった亡父の趣味によるものなのか、それとも死んだ三姉妹の父親による調教なのか、何やら彼女は様々な過去を背負っているのかも知れない。

ようやく舌が引き離され、脚が下ろされた。

そのまま日美子は鼻先にある陰嚢を舐め回し、二つの睾丸を転がした。

「アア、気持ちいい……」

文彦はゾクゾクする感覚に喘いだ。ここも、初めて触れられたので新鮮な快感を覚えた。

熱い息が股間に籠もり、袋全体が生温かな唾液にまみれると日美子は前進し、勃起した肉棒の裏側を舐め上げてきた。

滑らかな舌がゆっくり先端まで来ると、彼女はヒクつく幹に指を添えて支え、粘液の滲む尿道口をチロチロと舐め回しはじめた。

「ああ……」

文彦は腰をよじって喘ぎ、ジワジワと絶頂を迫らせてしまった。

やはり忙しい最中だった由利子よりも、ずっと丁寧な愛撫で、恐る恐る股間に目を遣ると、上品な美熟女が何とも美味しそうに亀頭を舐め回していた。

さらに彼女は胸を突き出し、ペニスを巨乳の谷間に挟んで両側から手を当てて揉んでくれたのだ。

肌の温もりと膨らみの柔らかさに挟まれ、しかも俯《うつむ》くように舌を伸ばして先端を舐める様子に、いよいよ彼は危うくなってしまった。

強烈なパイズリが終わると、いよいよ日美子はスッポリとペニスを根元まで呑み込んで舌をからめ、顔を上下させスポスポと摩擦しはじめた。

「い、いきそう……」

文彦が顔を仰け反らせて口走ると、ようやく日美子もスポンと口を引き離してくれた。やはり口に出されるより挿入が望みなのだろう。

「いいわ、今度は幸彦さんがして」

日美子が言って仰向けになると、何とか暴発を堪えた彼も入れ替わりに身を起こした。

投げ出された熟れ肌を見下ろすと、爆乳が息づき、腰のラインも実に豊満だった。股間の茂みも程よい範囲で、白い太腿もムッチリと艶めかしい量感を持っていた。

文彦は屈み込み、まず日美子の足裏を舐め、指の間に鼻を押し付けて嗅いだ。

「あう、何するの……」

彼女が驚いたように呻いたが、拒むことはしなかった。

文彦は蒸れた匂いを貪り、爪先にしゃぶり付いて順々に指の股に舌を割り込ませて味わった。

「アア……、そんなことする子だったの……」

日美子が息を弾ませ、腰をくねらせながら違和感に口走った。

彼は両足とも全ての指を味わい、ようやく大股開きにさせて腹這い、脚の内側を舐め上げていった。

張りのある内腿に舌を這わせ、中心部に顔を寄せて目を凝らすと、ふっくらした丘に恥毛が茂り、すでに割れ目は大量の愛液に潤っていた。

濡れた陰唇に指を当て、滑らないよう左右に広げていくと、かつて三姉妹を産んだ膣口が、花弁状の襞を入り組ませて息づいていた。

光沢あるクリトリスは由利子より大きめで、包皮を押し上げるようにツンと突き立っている。

しかし彼は指を離し、先に自分がされたように、日美子の両脚を浮かせて白く豊満な尻に迫っていった。

グイッと谷間を広げると、ピンクの肛門はレモンの先のように僅かに突き出た悩ましい形状をしていた。鼻を埋め込んで蒸れた匂いを貪り、顔中で双丘の弾力を味わいながら舌を這わせた。

チロチロと舐めて収縮する襞を濡らし、ヌルッと潜り込ませると、

「あう……！」

日美子が呻き、モグモグと彼の舌を味わうように肛門を締め付けた。

滑らかな粘膜は淡く甘苦いような味覚があり、彼が念入りに舌を蠢かせると、鼻先の割れ目からは新たな愛液が溢れ出てきた。

脚を下ろし、そのまま文彦は茂みの丘に鼻を埋め込み、擦り付けて隅々に籠もる熱気を嗅いだ。

やはり甘ったるい汗の匂いが大部分で、それに蒸れたオシッコの匂いも混じって馥郁と鼻腔が刺激された。

(ああ、熟れた美女の匂い……)

文彦は胸を満たしながら舌を挿し入れ、淡い酸味のヌメリを掻き回し、息づく膣口から大きめのクリトリスまでゆっくり舐め上げていくと、

「アアッ……、いい気持ち……」

日美子が熱く喘ぎ、内腿でムッチリと彼の両頰を挟み付けてきた。

彼は豊かな腰を抱え込み、匂いと潤いを貪った。

「い、いきそうよ、お願い、入れて……」

すっかり高まった日美子が声を震わせてせがみ、ようやく文彦も顔を上げて前進していった。

股間を迫らせ、先端を濡れた割れ目に擦り付けながら位置を探ると、

「もう少し下よ……、そう、そこ、来て……」

彼女も僅かに腰を浮かせて誘導してくれた。

グイッと押し付けると、張り詰めた亀頭がズブリと潜り込み、あとはヌルヌルッと滑らかに根元まで吸い込まれていった。

「ああ……、いい気持ちよ……、重なって……」

日美子が味わうようにキュッキュッと締め付けながら言い、彼を受け止めるように両手を伸ばしてきた。

三人の娘を産んでも、膣内の締めつけは実に良く、由利子の時は夢中で分からなかったが、内部が上下に締まることも新鮮な発見だった。まるで歯のない口に含まれ、舌鼓でも打たれているような感覚だ。

文彦も股間を密着させ、温もりと感触を味わいながら身を重ねていった。

遠慮なく体重を預けると、豊満な熟れ肌がクッションのように心地よかった。

動くと果てそうなので、彼はじっとしたまま屈み込み、チュッと乳首に吸い付きながら顔中を爆乳に押し付けた。

充分に舌で転がし、左右の乳首を味わってから日美子の腋の下にも鼻を埋め込んでいった。

（わあ、色っぽい……）

そこには何と、柔らかな腋毛が煙っていたのである。文彦は新鮮な興奮に歓声を上げ、恥毛を思わせる感触に鼻を擦りつけ、ミルクのように甘ったるい汗の匂いで鼻腔を満たした。

「アア、くすぐったいわ……」

日美子が下でクネクネと身悶えて言い、彼にしがみつきながら待ち切れないように、ズンズンと股間を突き上げはじめたのだった。

合わせて文彦も、初めての正常位でぎこちなく腰を遣った。次第に互いの動きがリズミカルに一致し、ピチャクチャと淫らに湿った摩擦音も響いてきた。

「ああ、いい気持ち、すぐいきそうよ……」

日美子が収縮と潤いを増して喘ぎ、彼も顔を寄せ、熱く湿り気ある白粉臭《おしろい》の吐息を胸いっぱいに嗅ぎながら急激に高まった。

さらに彼女の喘ぐ口に鼻を押し付け、唾液のヌメリと濃厚な息の匂いを感じるうち、とうとう激しく絶頂に達してしまったのだった。

「く……!」

文彦は大きな快感に呻き、熱い大量のザーメンをドクンドクンと勢いよく柔肉の奥にほとばしらせた。

「あ、熱いわ、いく……、アアーッ……!」

噴出を感じると、彼女もオルガスムスのスイッチが入ったように口走り、ガクガクと狂おしい痙攣を開始した。

まるでブリッジするように彼女が腰を跳ね上げて反り返るので、文彦は暴れ馬から落ちないよう必死に動きを合わせ、収縮と締め付けの中、心置きなく最後の一滴まで出し尽くしていった。

満足しながら徐々に動きを弱め、熟れ肌にもたれかかっていくと、

「ああ、とうとうしちゃった……。すごく良かったわ。上手よ……」

彼女も肌の硬直を解きながら満足げに言い、名残惜しげに収縮を繰り返した。

やはり以前から、日美子はこうなる期待を抱いていたのだろう。

文彦は締め付けられながらヒクヒクと過敏に幹を震わせ、熱く甘い吐息を嗅ぎながら、うっとりと快感の余韻を味わったのだった。

3

（いろんなことがあったけど、これからどうなるんだろう……）

部屋で横になり、文彦は暗い天井を見上げながら思った。

日美子は入浴し、間もなく寝てしまうだろう。彼はもう風呂へは行かず、彼女の残り香を感じながら眠ることにした。

祐美のキスで目覚め、由利子と初体験をし、さらに日美子ともしたのだ。

あとは、文彦自身の肉体が目覚めるまではどうにもならないだろう。

もう少し療養してから、幸彦の通う大学にも行ってみたい。

空手部に入る気はないが、このまま文彦の意識が戻らなければ、彼が病院の経営に加わるのだから経済学部なら良いだろう。

文彦は地元の大学は受けず、あくまで東大一筋だったから二浪してしまったが勉強は好きなので、すぐ講義には追いつけるに違いない。

あとで聞くと、弥巳と祐美も同じ大学のようだ。

そして高校時代から文彦を苛めていた不良、田沼光一《たぬまこういち》と尾形志郎《おがたしろう》も地元にある別の大学に通っている。

(崖から落とした埋め合わせはさせないとな……)

文彦は思い、やはりさすがに疲れていたか、そのまま深い睡りに落ちていったのだった……。

――翌朝、文彦は目覚めたときは少し戸惑ったが、すぐに幸彦の部屋であることに気づいた。

起きて、あらためて自分の肉体を見たが胸筋は硬く、腹筋も割れている。拳には空手のタコがあり、下半身も逞しく引き締まっていた。

試しに腕立て伏せをしてみると、何十回でも出来そうだった。

汗ばんできたのでパジャマのまま、服を持って部屋を出た。

「おはよう、よく眠れたかしら」

台所から、日美子が何事もなかったような笑顔で話しかけてきた。

「おはようございます。ぐっすり眠れましたが記憶は戻りません。じゃシャワー浴びますね。僕の歯ブラシは、この紺色ですね」

言って脱衣所に入り、脱いだパジャマを洗濯機に突っ込んで広いバスルームに入った。

そしてシャワーを浴びながら歯磨きをし、出て身体を拭いて服を着た。

食堂に行くと、間もなく弥巳と祐美も降りてきて、それぞれ洗面所に行ってから皆で食卓についた。

「今日はどうする？　大学へ行ってみる？」

「いや、どうせ知らない奴ばかりだし、今日は五浦へ行ってみます」

「文彦さんが落ちたところ？」

日美子が言うと、弥巳と祐美が怪訝そうに彼を見た。

「文彦さんて？」

祐美が言うので、日美子が手短に二人に話した。

「ええっ？　お兄様に双子の弟が……？」

祐美が驚くと、日美子は今は彼も病室で昏睡していることを話したのだった。

「そんなことって……」

弥巳も首を傾げて言い、すぐには双子の弟というのがピンとこないようだ。

「じゃ午後にでも病院に寄ってみるわ。同じ部屋なのね」

「それなら私も一緒に」

弥巳と祐美が言い、朝食を終えると姉妹は慌ただしく大学へと行った。どうやら祐美は、弥巳の軽自動車に一緒に乗せてもらうらしく、電動自転車は使わないようだ。

「五浦へ行くなら車を出してあげるわ」

「いえ、夜見さんの世話もあるでしょうから、自転車を借ります」

「そう、充分に気をつけてね」

バイク事故のことがあるので、日美子は心配そうに言った。

やがて少し休憩してから、文彦は外に出た。

本当は姉妹もいないので、昼間から日美子と懇《ねんご》ろになりたかったが、やはり気がかりを先に解消したかったのだ。

電動自転車に跨がって緩やかな坂を下り、舗装道路に出ると、あとは快適に初夏の風を受けながら走った。

五浦までは小一時間かかるだろうが、何しろ力が漲っている。

それに二人もの年上の美女と体験できたというのも、気分的に大きなエネルギーの原動力となっていた。

やがて五浦の海に着くと、彼は駐車場の隅に自転車を停め、観光地ではない崖の方へと回ってみた。昨日は岩場の下を迂回して自分を発見したが、今日は海を見下ろす丘の上だ。

そう、一昨日の午後、文彦は、リュック一つを背負って平坂病院を訪ねようとして、この界隈を歩いていたのだ。

引き払ったアパートの古い家具などは大家に処分してもらうように言い、バス通りのここまで歩いてきたのである。

するとバイクで海でも見に来ていたらしい二人にばったり出会ったのだ。

高校時代はさんざん使い走りをさせられ、何とか二年間の浪人時代には会うこともなかったが、変わっていない文彦はすぐ分かったようだ。

「何だ、お前平坂じゃねえか。どこへ行くんだ」

「それより金持ってねえか」

二人は大学生とも思えない柄の悪さで、くわえ煙草で迫ってきた。

もちろん財布にはいくらも入っていないが、通帳があり、まだかなりの保険金が残っている。

「急ぐんだ」

「分かったから財布を出せよ。そのリュックも開けて見せろ」

二人に言い寄られ、文彦は後ずさった。

通帳の額でも見られたら二人は色めき立つだろうが、母の残した金を取られるわけにいかない。

「いいからよこせって!」

二人が煙草を投げつけて言った瞬間、追い詰められた文彦は足を滑らせて崖から転落したのである。二人はヤバイとか何か叫んだようだが、あとは文彦も意識を失ったので何も分からない。

それらを思い出し、崖から恐る恐る下を見てみると、高さは二十メートルほどだろうか。岩場があり、その間の砂地に落ちたのは奇蹟だった。

すると、そのとき背後に気配を感じたので思わず振り返ると、青ざめた田沼光一が立っているではないか。事故は一昨日のことだから、やはり心配になって見に来たのだろう。

「田沼か」

「お、お前、平坂か。無事だったんだな……！」

文彦が言うと、光一は僅かに安堵の表情を浮かべて言った。

「すぐ携帯で尾形を呼び出せ」

「な、何？　いつからお前俺たちを呼び捨てに出来るようになったんだ」

「殺人未遂犯の二人に礼をしたいんだ。早く呼べ」

「て、てめえ！」

彼が生きていた安堵もあり、光一はいきなり殴りかかってきた。

瞬間、文彦は右足を奴の左太腿に飛ばし、猛烈な回し蹴りを見舞っていた。

自分でも驚くほどの素早い技だが、やはり肉体が覚えているのだろう。

パーンと激しい音がして、

「ウ……！」

光一は顔をしかめて呻くなり、そのまま倒れ込んでしまった。

文彦は、屈み込んでその胸ぐらを摑み顔を起こさせた。

「早く呼べ。もう一撃食らいたいか」

言いながら引き立たせたが、太腿への蹴りが相当なダメージだったらしく光一はフラついた。

それでも、今までの文彦にない迫力と凄味に怯えたか、恐る恐るポケットから携帯を出してコールした。

「お、尾形か、すぐ来てくれ。ここに平坂がいるんだ」

光一が言うと、少し間があったので相手も相当に驚いているようだ。

「ああ、ここじゃなく警察署脇の公園で待つと言え。すぐ来なければ警官が逮捕に向かう」

文彦が傍らから言うと、光一もその通りに伝えて通話を切った。二人とも大学生だが、現役だからすでに二年生になり朝一番から講義には出ておらずフラフラしていたのだろう。

「よし、じゃ行くぞ」

文彦が言って駐車場に向かうと、光一も足を引きずりながら従った。そこには光一のバイクも停められ、彼も何とかヘルメットをかぶって跨がった。

文彦は自転車に乗って駐車場を出た。光一も後からついてきて、やがて十分足らずで市警の横にある公園に着いたのだった。

4

「俺と尾形を、どうする気だ……」

光一が、不安げに市警の建物に目を遣りながら文彦に言った。

「もちろん二人揃って警察に突き出す。何しろ殺人未遂で、しかも救助をせず二日間も放置したんだからな」

文彦が彼を睨み付けながら言うと、光一はビクリと身じろいだ。相当に怯えていて、文彦はこんな奴に高校時代ずっと虐げられてきたのが情けなかった。

「さ、殺人未遂じゃねえ。お前が勝手に落ちただけだ……」

「ああ、それにしても二人がカツアゲで追い詰めたんだ。過失傷害と救助義務を怠ったんだから、それで殺意は証明される。実刑がつけば退学だな」

「や、止めてくれ。無事だったんだからいいじゃねえか……」

「いいや、母が苦労して渡してくれた食費を毎日取られたんだからな。その恨みは大きいぜ」

文彦が言うと、そのとき爆音がして尾形志郎のバイクが入ってきた。

彼もすぐ降りてきてヘルメットを脱いだ。

「平坂、あそこから落ちて無事とは悪運が強えな。だが俺を呼び出すとは生意気じゃねえか」

志郎が言った途端、文彦は素早く正拳を繰り出し、ビュッと風を切る音をさせて奴の鼻先で寸止めした。

「う……！」

志郎が息を呑んで硬直した。

「いいから、バイクを引いて警察署の脇へ移動させろ」

睨み付けながら言って構えを解くと、志郎が目を見開いて声を震わせた。

「て、てめえ、平坂じゃねえな……」

「おお、よく分かったな。俺は平坂文彦の双子、兄の幸彦で空手の黒帯だ。文彦はお前らにやられて入院して意識不明だ」

文彦は言い、自転車を引いて公園を出た。後ろでは二人が顔を見合わせ、それでも逃げることはせず恐る恐るバイクを引いてついてきた。

そして警察署の横にバイクと自転車を停めると、文彦は二人の襟首を摑んで建物に入った。

「どうしました」

受付にいた婦警が立ち上がり、文彦たちを見て言った。

「傷害の犯人を二人連行しました。僕の弟を崖から突き落としたんです。係の人を呼んで下さい」

言うと、彼女は驚いたように内線電話を掛けた。堂々とした文彦と、怯えている二人を見てただならぬ様子を察したのだろう。

間もなく中年の刑事が来て、皆を別室に招いた。

文彦は、一昨日にこの二人が自分の弟を崖から落とし、放置していた事情を話した。

その間も二人はすっかり意気消沈し、神妙に肩を落としていた。

念のため、文彦は幸彦の学生証を持って来ていた。それを提示すると、刑事は二人の身分証も出させて確認した。

「今の話は本当か」

刑事が二人に詰め寄り、二人は殺意などなく金を借りようとしただけだと言い訳したが、当事者であることは確かで、転落後に放置したことも証明された。

「それで、弟さんは？」

「平坂病院にいますが、まだ昏睡中です」

「行って確認したいのだが」

「はい、お願いします」

文彦が答えると、刑事は二人の制服警官を呼び、署のパトカーに光一と志郎を乗せた。二人のバイクは署で預かり、文彦だけ自転車で病院に向かった。

すぐに病院に着いて自転車を降りると、パトカーの来訪に驚いたナースたちが外に出て来た。

「どうしたの！」

ちょうど由利子も出て来て文彦に言った。

「ええ、文彦を崖から落とした犯人二人です。刑事さんも確認に」

「本当？」

言うと由利子も驚き、レンズ越しに二人を睨んだ。

「じゃお邪魔しますよ」

刑事が言うと、警官一人はパトカーに残り、あとは全員で病院に入った。

「文彦の意識は？」

「ええ、まだ目を覚まさないわ」

エレベーターの中で訊くと、由利子が重々しく答えた。昏睡が本当ということで、さらに光一と志郎は青ざめた。

六階まで上がり、病室に入ると文彦の肉体は、栄養チューブと点滴を付けて静かに目を閉じている。

もちろん主治医の由利子も一緒で、刑事に説明した。

「なるほど、事情は分かりました。あとは意識の回復を待つだけですね」

刑事が言い、全て文彦の言う通りだと納得したようだ。

「それで、被害届を提出しますので」

文彦が言うと、二人はビクリと硬直した。

「それがいいわ。罪は償わせないと」

由利子も言い、また二人を睨むと、

「そ、それだけは……、入院費は全部持ちますので何とか示談に……」

光一が声を震わせて言った。

「持つのは当たり前でしょう。転落のとき、すぐ救助するなり救急車を呼ぶならまだしも、知らぬ存ぜぬを通そうとした罪は大きいわ」

由利子が言うと刑事も頷き、すっかり二人は肩を落とした。

なぜ転落の事情を全て幸彦が知っているのかという疑問も、混乱している二人は気づかないようである。まあ二人の自供が取れれば、あとは何の問題もないだろう。

「じゃ、とにかく署へ戻りますので、あとのことはまた後日」

刑事が言うと、警官も出るよう二人を促した。

逃亡の恐れもなさそうだし、すでに学生証で身元も割れているので手錠は掛けないようだ。

由利子も刑事たちと一緒に出ていったので、文彦は一人で残り、昏睡している自分自身を見下ろした。

この肉体は、まだ童貞である。

あるいは幸彦の意識がこの肉体に移っているのではないかと思い、屈み込んで互いの額を合わせてみたが、何ら感応するものはなかった。

あとはまた催した由利子が弄んでくれると良いと思った。彼女も勤務のストレスが溜まっているだろうし、文彦も帰宅した以上、そうそう会いに来るわけにもいかない。

と、ドアが開き、そこへ弥巳と祐美が入ってきたのだ。

どうやら午前中の講義を終え、二人で出てきてしまったのだろう。

「まあ、これが、文彦さん……?」

弥巳がベッドに近づいて言うと、祐美も文彦の顔を覗き込んだ。

「顔はそっくりだわ。でも色白で手足は細いわね」

祐美は言い、思わず眠っている顔と起きている文彦の顔を見比べた。

目を覚まさせるようなキスはしてくれないが、それは貧弱な彼が嫌いなのではなく、弥巳たちがいるからだろう。

やがてナースが入ってきて、清拭の仕度をしたので、三人は病室を出て院内にあるレストランに入った。

すると、そこへ由利子もやって来て、四人で昼食を囲んだ。

「刑事さんとは、私が連絡係になるので」

「よろしくお願いします」

由利子が言い、文彦も頷いて答えた。

「刑事さんて？　そういえば病院から出るパトカーとすれ違ったけど」

弥巳が言うので、文彦と由利子で事故の顚末を説明した。

「ひどおい、そんなことがあったなんて」

祐美も事情を聞いて憤っていた。

姉妹はパスタ、由利子はカレー、文彦はカツライスを頼んだ。

「近々大学にも戻るので、いろいろ案内してね」

「ええ、あんな事故があったから、空手部は自然退部になっていると思うけど、もし戻りたければ顧問が知り合いだから言ってあげるわ」

食事しながら文彦が言うと、弥巳が答えた。やはりスポーツ関係の人脈は広いらしい。

「いや、しばらく運動は控えるので」

「それがいいわ。もうバイクも廃車だから、新しいのを買わないでね」

彼が言うと祐美も心配そうに答えた。

幸彦はバイクだけでなく自動車の運転免許も持っているようだが、もちろん文彦は何も運転できない。

やがて昼食を済ませてコーヒーを飲むと、由利子は仕事に戻り、姉妹は再び大学へと帰っていった。

文彦も病院を出て、自転車で家へ帰ったのだった。

5

「まあ、そんなことがあったの」

帰宅してリビングで日美子に転落の事情を話すと、彼女も驚いていた。

「ええ、警察の方は由利子先生が窓口になってくれるけど、訴訟などで家の方にも厄介かけるかも知れません」

文彦は言い、二人きりなので股間がムズムズしてきてしまった。

「そんなこと構わないわ。もうあなたは平坂家の代表なのだから、好きなようにして。私も出来るだけのことはするから」

「ありがとうございます。じゃ早速お願いしていいですか」

「何?」

「勃ってしまって、どうしようもないんです……」

文彦はソファにもたれかかり、言いながらテントを張った股間を突き出した。

「まあ、こんな昼間から……?」

日美子は呆れたように答えたが、それでも熱っぽい眼差しになり、急に甘ったるい匂いが濃く漂ってきた。

まだ夕食の仕度には早いだろうし、姉妹が在宅している夜とはまた違った気分なのだろう。

それに日美子にしてみれば文彦は、もう何年も一緒に暮らしている当家の長男だろうが、彼からすれば会ったばかりの美熟女なのである。

「いいわ、脱いで。ここでしましょう」

日美子が言って身を起こし、すぐにもブラウスのボタンを外しはじめた。

文彦も脱ぎながら、あらためてベッドでするよりも、日常の延長のようなリビングのソファの方が気分が変わって興奮が高まった。

彼女も同じ気持ちのようで、全裸になることはせずブラウスを開いてブラを外し、爆乳をはみ出させ、スカートをめくって下着だけ脱ぎ去った。

彼も上半身はそのまま、下半身だけ脱ぎ去り、ピンピンに勃起したペニスを露わにさせた。

そして文彦は彼女をソファに横たえ、チュッと乳首に吸い付いて舌で転がし、豊かな膨らみを顔中で味わった。

「ああ……、いい気持ち……」

日美子がうっとりと喘ぎ、生ぬるい体臭を揺らめかせた。

彼は左右の乳首と巨乳の感触を味わい、乱れたブラウスに潜り込んで腋の下にも鼻を埋めて嗅いだ。柔らかな腋毛の感触が艶めかしく、今日も甘ったるい汗の匂いが生ぬるく沁み付いていた。

充分に味わうと彼はいったん身を起こして足に移動し、両のソックスを脱がせて爪先に鼻を埋め込んだ。やはりムレムレの匂いが酸味を含んで籠もり、悩ましく鼻腔が刺激された。

「ダメよ、そんなこと……、あう！」

しゃぶり付いて指の股に舌を割り込ませると、日美子がビクッと反応して呻いた。両足とも堪能し、文彦は彼女を大股開きにさせ、白く滑らかな脚の内側を舐め上げていった。

ムッチリと量感ある内腿をたどって股間に迫ると、顔中を熱気と湿り気が包み込んできた。

例によって、先に両脚を浮かせて豊満な尻の谷間に鼻を埋め、蒸れた微香を貪ってから、レモンの先のように突き出た艶めかしい蕾を舐め回した。

息づく襞を濡らし、ヌルッと潜り込ませて粘膜を探ると、

「く……！」

日美子が呻き、キュッときつく肛門で舌先を締め付けてきた。

文彦は舌を蠢かせ、鼻先にある割れ目が充分に潤っているのを確認すると、やがて脚を下ろして股間に迫った。

黒々と艶のある茂みに鼻を埋め、擦りつけながら嗅ぐと、生ぬるく蒸れた汗とオシッコの匂いが悩ましく鼻腔を掻き回し、うっとりと胸に沁み込んできた。

舌を挿し入れて膣口を掻き回すと、淡い酸味のヌメリがすぐにもヌラヌラと動きを滑らかにさせた。

大きめのクリトリスを舐め上げ、乳首のようにチュッと吸い付くと、

「あう、そこ、もっと強く……」

日美子が顔を仰け反らせて言い、両手で彼の顔を押さえ、髪を撫で回した。

まるで、本当に彼の顔が股間にあるのを確かめるような、激しく探るような愛撫だった。

文彦も執拗にクリトリスを攻め、吸引と舌の蠢きを繰り返した。

「そっと、嚙んで……」

日美子が息を弾ませて強い刺激を求めたので、彼も上の歯で完全に包皮を剝いて、露出した突起を前歯で軽くコリコリと嚙み、なおも舌を小刻みに蠢かせた。

「アア……、いいわ、いきそうよ……」

彼女が、顔を挟む内腿に力を込めて喘ぎ、白い下腹をヒクヒクと波打たせて悶えた。

文彦は、自分のように未熟な愛撫で大人の女性が感じてくれるのが嬉しく、なおも情熱を込めて舌を動かしたが、

「ま、待って……、今度は私が……」

いきなり彼女が声を上ずらせ、身を起こすと文彦の顔を股間から突き放した。

どうやら舌で果てるのが惜しくなり、やはり挿入を求めたようだ。

彼も素直に割れ目から離れて身を起こした。すると日美子は彼をソファに座らせ、自分は正面に回りカーペットに膝を突いた。

そして両手で拝むように勃起した肉棒を挟み、先端にチロチロと舌を這わせてきたのである。

尿道口から滲む粘液を丁寧に舐め取り、張り詰めた亀頭にも満遍なく舌を這わせ、丸く開いた口でスッポリと喉の奥まで呑み込んでいった。

「ああ、気持ちいい……」

文彦はうっとりと喘ぎ、ソファにもたれて股間を突き出した。

日美子も股間に熱い息を籠もらせ、念入りに舌をからめてから、顔を上下させスポスポと強烈な摩擦を繰り返した。

「い、いきそう……、入れたい……」

今度は文彦が降参する番で、口走りながらクネクネと腰をよじった。

すると日美子も口を離してソファに上り、彼の股間に跨がってきた。

唾液に濡れた先端に割れ目を押し当て、互いのヌメリを擦り合わせながら位置を定めると、やがて彼女は息を詰めてゆっくり座り込んでいった。

たちまち彼自身は、ヌルヌルッと滑らかに根元まで呑み込まれ、熱く濡れた柔肉にキュッと締め付けられた。

「アア……、いいわ、奥まで届く……」

日美子は完全に座り込んで喘ぎ、密着した股間をグリグリ擦り付けながら、両手を彼の肩に回してきた。

文彦もしがみつくと、日美子はピッタリと唇を重ね、ネットリと舌をからめながら徐々に腰を動かしはじめた。

彼もソファにもたれかかりながら、ズンズンと懸命に股間を突き上げ、何とも心地よい肉襞の摩擦に高まっていった。

「ンン……」

日美子も熱く息を籠もらせて舌を蠢かせ、潤いと収縮を高めていたが、

「ああ、いきそうよ、もっと突いて……！」

彼女が唾液の糸を引いて口を離し、声を上ずらせて喘いだ。

熱く湿り気ある吐息は、いつもの白粉臭に、昼食の名残か淡いオニオン臭が混じり、その濃く悩ましい刺激に鼻腔を掻き回された途端、文彦も絶頂に達してしまった。

「い、いく、気持ちいい……！」

口走るなり、熱い大量のザーメンがドクンドクンと勢いよく柔肉の奥にほとばしった。

「か、感じる……、アアーッ……！」

噴出を受けると、日美子も熱く喘いでガクガクと狂おしく痙攣した。

凄まじいオルガスムスによる締め付けに快感が増し、文彦は美熟女の悩ましい息の匂いを嗅ぎながら、心置きなく最後の一滴まで出し尽くしてしまった。

喘ぐ口に鼻を擦りつけると、日美子もヌラヌラと舌を這わせてくれ、いつまでもヒクヒクと身を震わせていた。

「ああ……」

すっかり満足しながら声を洩らし、彼は徐々に突き上げを弱めていった。

すると日美子も徐々に熟れ肌の硬直を解き、グッタリと力を抜いてもたれかかってきた。

互いの動きが完全に止まっても、まだ膣内は貪るような収縮が繰り返され、刺激された幹がピクンと内部で過敏に跳ね上がった。

「あう、もうダメ……」

日美子も相当敏感になっているように呻き、締め付けを強めてきた。

文彦は豊満な美熟女の温もりに包まれ、濃厚な吐息で鼻腔を刺激されながら、うっとりと快感の余韻を味わったのだった。

「ああ、気持ち良かったわ、すごく……」

日美子も満足げに声を洩らし、もたれかかったまま熱い呼吸を整えた。

やはりセックスというのは一度すれば満足するというものではなく、するほどに快感が増し、またしたいと熱烈に思うものだと実感した。

やがて日美子はそろそろと股間を引き離し、ティッシュで濡れたペニスを優しく拭ってくれ、そのままバスルームへ行った。

文彦はそのままソファにもたれ、荒い息遣いを繰り返しながら次はどんな体験をしてみようかと思ったのだった。

第三章　格子越しの唇

1

「じゃ夕方にはみんな帰ってくるので、それまでお留守番お願いね」

「あの、父の書斎で本を読んでもいいですか」

「もちろんよ。あなたの家なのだから何でも自由にして」

日美子が文彦に言い、病院での事務仕事と買い物のため車で出ていった。

女たちだけの館に一人きりとなると、彼はすっかり開放的な気分になった。

亡父の書斎に入って、何か本でも読もうかと思ったが、やはり湧き上がるのは性欲である。

彼は日美子としたばかりなのに、またムラムラと欲情してきてしまった。

二階の、姉妹の部屋に忍び込んで、枕の匂いでも嗅いで抜いてしまおうか。

いや、座敷牢には生身の女性が一人いるではないか。

少々恐いが、文彦は欲望に突き動かされて廊下の奥へ進んでいった。

離れに着いて引き戸を開け、さらに進んでもう一つの戸を上げて入ると、生ぬるく濃厚な匂いが感じられた。

縦横に組み込まれた格子の中は八畳間、敷かれた布団の上には白い着物の夜見が座し、すでに気づいていたようにじっとこちらを見つめている。

伸び放題の長い黒髪に、目の上だけ前髪が真横に切り揃えられ、切れ長のきつい眼差しが射るようだった。

凄味のあるほどの妖しさだが、それぞれ顔の似ていない三姉妹の中では最も美しかった。

文彦より二歳下で、高校を出たばかりの十八歳。

「夜見……」

言うと、彼女はビクリと反応し、そのまま四つん這いでササッと素早く格子の前まで迫ってきた。

そして立ち上がり、格子の間から両手を伸ばして文彦の耳を摑んで引き寄せたのである。

組まれた木の格子は五センチ角、隙間は縦横二十センチほどの正方形だ。

「誰なの」

隙間からじっと彼の目を見て夜見が言う。

顔が引き寄せられているから、互いの唇が触れ合いそうに近く、熱く湿り気ある吐息が鼻腔を刺激してきた。

それは祐美よりも、毒々しいほど濃厚に熟成された果実臭に、ほんのり生臭い匂いも感じられ、美しい顔とのギャップ萌えに彼はムクムクと勃起してきてしまった。

牢内の隅には水洗便器の他、洗面所に歯ブラシも備えられているが、ろくに使っていないのだろう。風呂はないので、たまに日美子が清拭《せいしき》しているらしい。

「僕は文彦。幸彦の双子の弟だよ」

「フミヒコ……」

目をそらさずに夜見が言い、さらに両手で彼を引き寄せたので、顔が格子の隙間に痛いほど押し付けられ、顔に四角い痕が残りそうだった。

「ベロを出して」

夜見が熱く囁くので彼が舌を伸ばすと、彼女もチロチロと舐め回してくれた。

格子越しで辛うじて唇が触れ合ったが、密着するほど押し付けられず、逆に舌だけからみ合うのは実に艶めかしかった。

生温かな唾液に濡れて蠢く美少女の舌の感触と、熱く濃厚な吐息の匂いに、文彦は痛いほど股間が突っ張ってきてしまった。

夜見は彼の伸ばした舌に吸い付き、何度か唾液をすすりコクンと喉を鳴らして飲み込んでから、やがて口を離した。

「そう、崖から落ちて目が覚めると、幸彦兄の体に乗り移っていた……」

夜見が、ようやく彼の両耳から手を離して言った。

「わ、分かるの……？」

文彦は驚いて目を丸くした。

どうやら夜見は特殊能力の持ち主で、相手の唾液や体液を吸収することにより、その記憶を読むことが出来るのだろう。

そして文彦の内部にも、僅かながら夜見の心の中にある記憶が流れ込んできたのである。

夜見は幸彦を慕い、高校卒業して間もなく大胆にも彼の寝室に乗り込んで求めたが、幸彦は祐美が好きだからと断ったらしいのだ。

以来、夜見はこの座敷牢に閉じこもってしまったらしい。だから夜見は処女であった。

それにしても、すぐ結婚というわけではないのだから、いかに祐美を思っていても、少しぐらい夜見ともしてやれば良いのに、何と幸彦は糞真面目な男なのだろうと文彦は思った。

「もっと知りたい。これを見せて」

夜見が言い、格子の隙間から手を伸ばして、勃起した彼の股間を探ってきた。

「そ、その前に、オッパイが欲しい……」

文彦は思いきって言ってみた。彼女が癇癪を起こしても、間には格子があるから大丈夫だろう。

しかし夜見は素直に着物の胸元を開き、意外に豊かな乳房を露わにしてくれたのである。

「こう?」

夜見は言い、格子の隙間から片方の乳首を押し付けてくれた。

文彦も屈み込んで顔を押し付け、ピンクの乳首にチュッと吸い付いて舌で転がした。甘ったるい濃厚な汗の匂いが鼻腔を刺激し、

「アア……、いい気持ち……」

彼女が熱く喘ぎ、さらにグイグイと隙間に乳房を押し付けた。

文彦は充分に味わい、もう片方の膨らみも隙間に押し付けてもらい、そちらも含んで念入りに舐め回した。

やがて気が済んで彼は口を離し、床に座り込んだ。

「足を伸ばして」

言うと夜見もすぐ格子に摑まりながら裾をめくり、片方の脚を隙間から突き出してくれた。スラリとした脚は白くスベスベで、爪先も形良かった。

文彦は両手でおし頂くように踵を支え、足裏に舌を這わせて指の股に鼻を押し付けて嗅いだ。

そこは他の誰よりも蒸れて濃厚な匂いが沁み付き、しゃぶり付くと、やや伸びた爪が舌に心地よかった。

指の間に舌を割り込ませて味わうと、

「くすぐったいわ……」

すっかりしおらしくなった声で夜見が喘ぎ、彼の口の中で唾液にまみれた指を震わせた。

貪り尽くすと足を交代してもらい、彼はそちらの爪先の味と匂いも心ゆくまで堪能したのだった。

しゃぶりながら割れた裾の中を見ると、下着は着けていないようで、楚々とした茂みと可愛い割れ目があった。

「めくって見せて」

口を離して言うと夜見も脚を引っ込め、裾をめくって隙間に股間を押し当ててきた。恥ずかしげな淡い若草があり、脚を浮かしてもらうと割れ目と花びらが覗いた。

「指で広げて」

言うと夜見も素直に割れ目を指で開き、艶やかなクリトリスと濡れた膣口まで見せてくれたのだった。舐めたいが、とても格子の隙間では届かないだろう。

「お尻を上げて、谷間を広げて」

さらにせがむと、彼女は背を向けて尻を突き出し、自ら谷間をムッチリと左右に広げてくれた。

谷間の奥には薄桃色の蕾がひっそり閉じられ、呼吸に合わせて収縮していた。

（ああ、舐めたい……）

思ったが、いくら彼女が尻を押し付けても舌先は届かないだろう。

「もういいでしょう。見せて」

向き直った夜見が、畳に座って言ったので、彼もズボンと下着を下ろし、ピンピンに勃起したペニスを格子の間から中に突っ込んだ。

「これが男のものなのね……」

夜見は言い、両手で挟むように幹を支え、先端を嗅いでから舌を這わせはじめた。彼女も興奮しており、噛まれるような恐れはなさそうだ。

チロチロと尿道口を探り、張り詰めた亀頭にしゃぶり付いたが、やはり格子があるので根元までは含めない。

それでも夜見が熱い息を吐きかけながら念入りに舌を這わせ、亀頭に吸い付かれるうち、文彦は急激に絶頂を迫らせてしまった。

「い、いきそう。出ちゃうよ……」

高まりながら文彦が警告を発したが、夜見は構わずに強烈な愛撫を続行してくれた。

たちまち彼は昇り詰めてしまい、ガクガクと膝を震わせながらドクンドクンと勢いよく大量のザーメンをほとばしらせてしまった。

「い、いく……」

快感に口走りながら、思い切り無垢な美少女の口を汚すと、

「ク……、ンン……」

喉の奥を直撃された夜見が噎せそうになって呻き、それでも吸引と舌の蠢きを続けた。ぎこちない愛撫で、たまに触れる歯の感触も実に新鮮で、彼は心置きなく最後の一滴まで出し尽くしてしまったのだった。

2

「あう、気持ちいい……」

夜見が亀頭を含んだままゴクリと喉を鳴らして飲み込むと、口腔がキュッと締まり、文彦は駄目押しの快感に呻いた。

ようやく夜見も口を離したが、なおも余りをしごくように幹をいじり、尿道口に脹らむ白濁の雫まで、チロチロと丁寧に舐め取ってくれた。

「も、もういい、ありがとう……」

文彦は格子に摑まりながら身を震わせ、過敏に幹を震わせながら降参した。

やっと夜見が舌を引っ込め、手を離してくれたので彼も格子の前にクタクタと座り込んだ。

処女の口に射精し、しかも全て飲んでもらったのだ。その興奮がくすぶり、いつまでも激しい動悸が治まらなかった。

「……そう、白石先生やママともエッチしたのね。それから祐美とキスも……」

夜見がチロリと舌なめずりして言った。彼女は吸収したザーメンから、さらなる情報を得てしまったのだろう。

「ご、ごめんね……」

「ううん、無理矢理じゃないのだから」

夜見は激しく傷ついている様子もなかった。

「どうか、誰にも言わないで」

「分かってるわ。二人だけの秘密」

夜見は答えてくれ、文彦も少し安心したのだった。

「そろそろ外へ出ようかしら」

と、彼女が言うので文彦は驚いた。

「で、出られるの？」

「ええ、いつでも私の好きに出られるわ」

夜見が言うので扉を見ると、何とそこに鍵は掛けられていなかったのである。

ただ赤い紐が通され、内側で結ばれているだけだ。

では、夜見は家族に閉じ込められているわけではなく、自分の意思で入り、気が向けば出られたのである。

それなら、中に入れてもらいセックスできたのに、と文彦は思ったが、まだ彼女は開ける気にならなかったのだろう。

「じゃ近々出るので、今は少し眠りたいわ」

夜見が言い、布団に戻っていったので彼も立ち上がった。

「じゃ、また」

文彦も立ち上がって言い、部屋を出て静かに戸を閉め、母屋へ戻っていったのだった。

そしてシャワーを浴び、亡父の書斎で少し書棚を眺めているうちに日が傾き、間もなく日美子の車が戻ってきた。

日美子が夕食の仕度を始めると、やがて祐美を乗せた弥巳の軽自動車も帰ってきたのだった。

夕食の時間になると四人で食卓を囲み、文彦も最初の頃は緊張したが、徐々に美女たちが前にいても普通に食事できるようになっていた。

「文彦さんの様子は相変わらずよ。それから訴訟の方は、病院の顧問弁護士がしてくれることになったわ」

「そうですか、お世話になります」

彼が日美子に答えると、弥巳がクスッと笑った。

「いつまでも他人行儀な言い方なのね」

言うと祐美もチラと彼を見て、一向に戻らない記憶を心配そうにしていた。

やがて食事を終えると、彼は少しリビングでテレビのニュースなど見てから歯磨きをし、自室へと引き上げてパジャマに着替えた。

幸彦のスマホはあるが、どうせ知らない友人からのメールなどが溜まっているだけだろうから開けることはしなかった。

やがて姉妹も二階へ引き上げ、洗い物を済ませた日美子も戸締まりをし、灯りを消して寝室に入ったようだ。

今夜は風呂は沸かさず、姉妹たちは朝シャワーをして大学へ行くらしい。

文彦も灯りを消し、枕元のスタンドだけ点けてベッドに横になった。

今日も色々なことがあったので、日美子や夜見を思い出しながらオナニーしようと思ったのである。

するとドアがノックされ、静かに祐美が入って来た。

「いいかしら?」

「うん、おいで……」

一人でするより、もっと良いことがありそうなので、文彦は胸を高鳴らせて答えた。

可愛いネグリジェ姿の祐美は、やや緊張気味に頬を強ばらせながら近づき、そっと彼に添い寝してきた。もう何の言葉も要らないように、彼女もすっかりその気で忍んで来たのだろう。

文彦も急激に勃起しながら美少女の温もりを感じ、すぐにも唇を重ね、グミ感覚の弾力と唾液の湿り気を味わった。

舌を潜り込ませて滑らかな歯並びを舐めると、彼女もオズオズと歯を開いて受け入れ、チロチロと小刻みに舌を触れ合わせてくれた。

滑らかに蠢く舌を味わい、清らかな唾液をすすりながら、ネグリジェの上から胸の膨らみにタッチすると、

「ああッ……」

祐美が口を離して熱く喘いだ。熱く湿り気ある吐息は、可憐に甘酸っぱい果実臭で、それにほんのり歯磨き粉のハッカ臭も混じって鼻腔を刺激してきた。

「脱いでね」

囁きながら身を起こさせると、彼女も素直に脱ぎはじめ、文彦も手早く全裸になってしまった。

祐美は下には何も着けておらず、たちまち一糸まとわぬ姿になって再び仰向けになった。

今夜は入浴していないが、矢も楯もたまらず降りてきてしまったようだ。

乳房は形良く膨らみ、いずれ日美子のような爆乳になる兆しが見えていた。

初々しい桜色の乳首にチュッと吸い付き、舌で転がしながら思春期の弾力を顔中で味わうと、

「アア……」

祐美が喘ぎ、くすぐったそうにクネクネと身悶えた。

やはりまだ感じるより、くすぐったい感覚の方が大きいのだろう。

左右の乳首を交互に含んで舐め回し、さらに祐美の腋の下にも鼻を埋め込んで嗅いだ。そこは生ぬるく湿り、甘ったるい汗の匂いが馥郁と沁み付いて鼻腔が刺激された。

そして胸から離れると、スベスベの肌を舐め降り、愛らしい縦長の臍を舌先で探った。祐美は口を押さえ、喘ぎ声を堪えながら懸命に身を強ばらせ、されるまま身を投げ出していた。

白く弾力ある下腹に耳を当てると、微かな消化音が聞こえた。

こんな天使のような美少女でも内部では内臓が蠢き、そんな当たり前のこともやけに艶めかしく感じられた。

もちろん股間は最後の楽しみにし、彼は腰から脚を舐め降りていった。

健康的な脚はどこも張りがあり、スラリとしていた。

足首まで行って足裏に回り、舌を這わせて縮こまった指に鼻を割り込ませると蒸れた匂いが沁み付いていた。

彼は胸いっぱいに嗅いでから爪先にしゃぶり付き、順々に全ての指の股に舌を潜り込ませて味わった。

「あう、ダメ、汚いから……」

祐美が声を震わせたが拒みはせず、彼も抑えつけて両足とも全ての味と匂いを貪り尽くしてしまった。

そして大股開きにさせて脚の内側を舐め開け、ムッチリした白い内腿をたどって股間に顔を迫らせていった。

中心部に目を凝らすと、ぷっくりした丘には楚々とした若草が煙り、割れ目はゴムまりを二つ横に並べて押しつぶしたような丸みを帯びていた。

間からは僅かにピンクの花びらが覗き、そっと指を当てて左右に広げると、清らかな蜜に濡れた柔肉が丸見えになった。

処女の膣口が息づき、小粒のクリトリスも包皮の下から光沢ある顔を覗かせていた。

「すごく綺麗だよ」

「アア、そんなに見ないで……」

囁くと、彼の熱い息と視線を感じた祐美が、むずがるように声を洩らした。

文彦は我慢できず顔を埋め込み、柔らかな若草の丘に鼻を擦りつけ、隅々に籠もる熱気と湿り気を嗅いだ。

やはり甘ったるい汗の匂いに、可愛らしいオシッコの匂いが混じって鼻腔を掻き回し、それに処女の恥垢の成分か、微かなチーズ臭も感じられた。

彼は何度も深呼吸するように美少女の匂いを貪り、うっとりと胸を満たして酔いしれたのだった。

3

「すごくいい匂い」

「あん……！」

嗅ぎながら言うと、祐美が声を上げ、内腿でキュッときつく文彦の両頬を挟み付けてきた。

彼は顔を埋めながら舌を挿し入れ、陰唇の内側の生ぬるいヌメリを味わい、無垢な膣口の襞から、ゆっくりクリトリスまで舐め上げていった。

チロチロと小刻みに舐めると彼女の内腿に力が入り、

「アア……、ダメ……」

ビクリと顔を仰け反らせて言い、嫌々をした。

文彦は執拗に舐めては、泉のように湧き出す蜜をすすった。やはり日美子に似て、かなり愛液が多いたちらしい。

さらに両膝を浮かせ、大きな水蜜桃のような尻の谷間に迫った。

薄桃色の蕾は実に可憐で、細かな襞が息づくように収縮していた。

鼻を埋め込んで蒸れた微香を嗅ぎ、舌を這わせて濡らすとヌルッと潜り込ませて粘膜を味わった。

「あう……」

祐美が呻き、肛門でキュッと舌先を締め付けてきた。

彼は舌を蠢かせ、滑らかな感触を味わい、やがて脚を下ろして再び割れ目を舐めて蜜を貪った。

そしてクリトリスを舐めながら、処女の膣口に指を潜り込ませてみた。

さすがにきつい感じはするが、潤いが充分だから大丈夫だろう。

やがて我慢できなくなると、文彦は身を起こして股間を進め、勃起した幹に指を添えて下向きにさせ、先端を擦り付けてヌメリを与えた。

祐美も、すっかり覚悟を決めたか、初体験の瞬間を待つようにじっと息を詰めていた。

「大丈夫？　ナマで入れても」

「ええ……、弥巳姉にピルもらっているから……」

訊くと祐美が答えた。もちろん避妊ではなく、生理のコントロールをするためだろう。

文彦も興奮を抑えながらグイッと股間を進めると、張り詰めた亀頭が処女膜を丸く押し広げて潜り込んだ。最も太い部分が入ると、あとは潤いに助けられてヌルヌルッと根元まで吸い込まれていった。

「く……！」

祐美が眉をひそめて呻き、ビクリと全身を硬直させた。

文彦は、初めて体験する処女の温もりと感触を味わい、股間を密着させたまま身を重ねていった。

胸で乳房を押しつぶすと心地よい弾力が感じられ、祐美も下から両手を回してしがみついてきた。じっとしていても息づく収縮が幹を刺激し、彼は応えるように中で幹をヒクつかせた。

喘ぐ口に鼻を押し込んで熱い息を嗅ぐと、もう唾液に溶けたようにハッカ臭は消え去り、彼女本来の甘酸っぱい果実臭が悩ましく鼻腔を刺激してきた。

もう堪らず、様子を見ながら小刻みに腰を突き動かしはじめると、

「あう……」

祐美が奥歯を嚙み締めて呻き、回した両手に力を入れた。

「大丈夫？　痛ければ止《よ》すから言ってね」

「平気……、どうか最後まで……」

気遣うと祐美は健気に答え、彼の方もいったん動くとあまりの快感に腰が止まらなくなってしまった。

溢れる蜜で動きが滑らかになり、微かにピチャクチャと湿った摩擦音も聞こえてきた。そして快感が高まると気遣いも忘れ、いつしか股間をぶつけるほど激しく律動してしまった。

たちまち絶頂の波が押し寄せ、文彦は大きな快感に貫かれた。

「く……」

短く呻き、熱いザーメンをドクンドクンと勢いよく注入すると、

「あ、熱いわ……」

噴出を感じたように祐美が口走った。初体験でも、大きな嵐が過ぎ去っていく感覚は分かるのだろう。

文彦は心ゆくまで快感を味わい、最後の一滴まで出し尽くしてしまった。中に満ちるザーメンで、さらに動きがヌラヌラと滑らかになり、やがて彼は徐々に動きを弱めて力を抜いていった。

いつしか祐美は破瓜の痛みも麻痺したように、回していた両手を離しグッタリと身を投げ出していた。

彼は収縮の中でヒクヒクと幹を震わせ、美少女の甘酸っぱい吐息で鼻腔を満たしながら、うっとりと余韻を噛み締めた。

重なったまま呼吸を整え、やがて身を起こした文彦は、そろそろと股間を引き離していった。

そしてティッシュを手にし、手早くペニスを拭ってから祐美の股間に顔を寄せた。小振りの陰唇が痛々しくめくれ、膣口から逆流するザーメンに、うっすらと鮮血が混じっていた。

いかにも処女を散らしたといった風情だが、量は多くなく、すでに止まっているようだ。まあ見た目は可憐な美少女だが、すでに十九の大学一年生なのだから順当な初体験の時期であろう。

「大丈夫？」

「ええ……、お風呂に……」

訊くと祐美がか細く答え、ノロノロと身を起こしはじめた。

彼も支えてやると、祐美はネグリジェを持ってベッドを降りた。文彦もパジャマを手に、一緒に部屋を出ると、そっと奥のバスルームに行った。

すでに日美子も眠っているだろう。それに広い屋敷で日美子の寝室とバスルームは遠いから気づかれることもない。

足音を忍ばせて洗い場に入ると、二人はシャワーの湯で身体を流した。

祐美も全く後悔している様子は見せず、むしろ慕っていた彼との初体験にほっとしているようだ。

「ね、ここに立って」

文彦は洗い場の床に座って言い、祐美を目の前に立たせた。そして片方の足を浮かせてバスタブのふちに乗せさせ、開いた股間に顔を埋めた。

もう大部分の匂いは薄れてしまったが、舐めると新たな愛液が溢れて舌の動きが滑らかになった。

「あん……、どうするの……」

「オシッコ出してみて」

祐美が喘いで言うので、彼は顔を埋めながら答えた。

「まあ、無理よ、そんなこと……」

「ほんの少しでいいから」

文彦はムクムクと回復しながら言い、どうにも美少女の出すものが欲しかったのだ。

なおも舌を這わせながら、ガクガク震える彼女の下半身を支えていると、

「で、出ちゃいそう……、アア……」

刺激に尿意が高まったか、祐美が声を震わせた。

さらに吸い付いていると、割れ目内部の柔肉が迫り出すように盛り上がり、味わいと温もりが変化してきた。

「あう、ダメ……」

祐美が言った途端、熱い流れがチョロチョロとほとばしってきた。

それを舌に受けて味わったが、薄めた桜湯のように抵抗が無く喉に流し込むことが出来た。

流れも、いったん放たれたら止めようもなく勢いが増していった。

口から溢れた分が肌を温かく伝い、回復したペニスが心地よく浸された。

それでも大した量もなかったようで、間もなく勢いが弱まり、流れは治まってしまった。

文彦は残り香の中で余りの雫をすすり、内部を舐め回すと、またすぐにも新たな蜜が溢れてきた。

「も、もうダメ……」

祐美が足を下ろして言い、懸命に彼の顔を股間から引き離すと、力尽きたようにクタクタと椅子に座り込んでしまった。

文彦は彼女に顔を寄せ、熱い果実臭の息を嗅いだ。

「唾を出して……」

囁くと、彼女も朦朧としながら喘ぎで乾き気味の口に唾液を分泌させ、クチュッと吐き出してくれた。その白っぽく小泡の多いシロップをすすり、彼はうっとりと酔いしれた。

そしてバスタブのふちに腰を下ろし、祐美の顔の前で股を開いた。

「可愛がって……」

幹を上下させて言うと、祐美も両手で包み込んで目を凝らした。

「こんなに太いのが入ったのね……」

呟き、先端にチロリと舌を這わせてから亀頭をしゃぶってくれた。

「ああ、気持ちいい……」

文彦は快感に喘ぎ、彼女の顔を引き寄せてスッポリと喉の奥まで差し込んだ。

「ンン……」

祐美は小さく呻いたが、笑窪の浮かぶ頬をすぼめて吸い付き、口の中ではたっぷりと唾液を溢れさせ、舌を蠢かせてくれた。

やはり処女を喪ったばかりで、二度目の挿入も酷だろうから、彼はこのまま祐美の口で果てたかった。

両手で祐美の頭を押さえ、前後に動かしはじめると、彼女も歯を当てないよう唇で巻き込み、次第にリズミカルに摩擦しはじめた。

股間に熱い息が籠もり、生温かな唾液にまみれたペニスがヒクヒクと震えはじめた。

「い、いく……、気持ちいい……！」

たちまち彼は昇り詰め、大きな快感に口走りながら、ありったけの熱いザーメンをドクンドクンと勢いよくほとばしらせてしまった。

「ク……！」

喉の奥を直撃された祐美が呻き、それでも摩擦と舌の蠢き、吸引は続行してくれた。文彦は溶けてしまいそうな快感を噛み締め、心置きなく最後の一滴まで絞り尽くしていった。

とうとう許婚《いいなずけ》に等しい美少女の上と下に射精してしまったのだ。

出し尽くして満足すると、文彦は力を抜いた。

祐美も口を離し、コクンと喉を鳴らして飲み込み、なおも濡れた尿道口にチロチロと舌を這わせてくれた。

「あう、もういいよ、ありがとう……」

彼は言い、床に座ると彼女を抱き締めて余韻に浸り込んだのだった。

4

「じゃ出かけるので、お昼になったら夜見にサンドイッチを持っていってね」

翌朝、朝食のあとに日美子が言い、また病院の事務仕事に出向いていった。しかも祐美も、一緒に車に乗っていったのだ。

昨夜の祐美の初体験を知っているのかいないのか、日美子の様子に変わりはない。

弥巳は、今日の講義は昼からのようで、ゆっくり朝寝していたが、日美子と祐美が出かけてしまうと間もなく降りてきた。

そして弥巳は一人で遅めの朝食のパンを食べ、文彦はリビングでテレビのニュースを見ていた。

「ね、まだ思い出さない？」

食事を終えた弥巳が来て、ソファの隣に座って言った。

「うん、まだ全然」

「そう、じゃ私の彼を怒鳴ったことも忘れてる？」

「そんなことしたんだ……」

「ええ、帰りが夜中になったとき、送ってくれた彼に、遅くまで何やってるんだって怒ったの。ちょっと嬉しかった」

弥巳が言い、ふんわりと甘い体臭を揺らめかせた。昨夜は入浴していないし、今もまだ寝起きでシャワーも浴びていないようだ。

長身で引き締まり、気の強そうな眼差しとポニーテールも、何やら女忍者を思わせる。

「彼との付き合いも長くなるけど、そろそろ飽きてきたわ」

「そう、結婚まで考えているのかと思った」

「無理ね、きっと。もうエッチもしなくなってるし」

弥巳が横から文彦を見つめて言い、体を寄せてきた。彼氏は高校の同級生で、やはり陸上部のスポーツマンらしい。いくら若くても、付き合いが長くなると互いに性の対象ではなくなるのかも知れない。

「ね、私とエッチして。祐美を好きなのは分かってるけど、うんと嫌じゃなかったら」

「嫌じゃないよ、ほら」

言われて、文彦は興奮を高めながらテントを張っている股間を突き出した。

「わあ、嬉しい、じゃベッドで」

弥巳が目を輝かせて言い、彼の手を引いて立ち上がった。三姉妹で唯一、挿入快感を知っている弥巳は、最近彼と全くしなくなって欲求が溜まっているようだった。

やがて文彦の部屋に入ると、二人は黙々と脱ぎはじめ、先に全裸になった彼はベッドに仰向けになった。弥巳も、見る見る小麦色の肌を露わにし、甘ったるい匂いを揺らめかせた。

「もしかして未経験でしょう。してみたいことがあれば何でも言って」

一糸まとわぬ姿になった弥巳が言い、ベッドに上がってきた。

「じゃ、ここに立って足の裏を顔に乗せて」

「まあ、そんなことしてほしいの？」

顔の横を指して言うと、弥巳は驚きながらもスックと立ってくれた。好奇心旺盛で活発な彼女は、自分より相手を悦ばせるのを好む世話焼きな姐御《あねご》肌なのかも知れない。

スラリと長い脚は引き締まり、太腿の筋肉も発達していた。

「こう？　本当にいいのね」

弥巳は言って片方の足を浮かせ、壁に手を突いて身体を支えながら、そろそろと足裏を彼の顔に乗せてきた。

大きめで逞しい足裏が生温かく鼻と口に触れ、湿り気が顔中に伝わった。

グランドを駆ける頑丈そうな指の股に鼻を埋め込んで嗅ぐと、ムレムレの匂いが濃厚に沁み付いて鼻腔を刺激した。

「ああ、いい匂い……」

うっとりと喘ぎながら匂いを貪ると、

「変なの……」

遙か高みから弥巳が見下ろして言った。文彦は爪先にしゃぶり付き、順々に指の間に舌を割り込ませて汗と脂を味わった。

「あう、汚いのに……、でもくすぐったくていい気持ち……」

弥巳が足指を縮込めて呻き、やがて彼は足を交代してもらい、そちらも味と匂いを味わい尽くしたのだった。

そして足首を摑んで顔の左右に置き、

「しゃがんで」

真下から言うと、弥巳もゆっくりとしゃがみ込み、和式トイレスタイルで彼の鼻先に割れ目を迫らせてくれた。長く逞しい脚がM字になり、筋肉質の内腿がムッチリと張り詰めた。

見上げると、乳房はそれほど豊かではないが張りがありそうで、腹筋が段々になって実に引き締まっていた。

茂みは淡い方で、割れ目からはみ出す陰唇も小振りだが、指で広げると中は大量の愛液に潤っていた。膣口は襞が息づき、そしてクリトリスは誰より大きく親指の先ほどもあって光沢を放っていたのだ。

「アア……、普通はこんなに大きくないのよ。私は特別……」

文彦を童貞と思っている弥巳が、真下からの視線に息を弾ませながら説明してくれた。

艶めかしい眺めに堪らず、彼は腰を抱き寄せて股間に鼻と口を埋めた。

茂みに籠もる熱気を嗅ぐと、濃厚に甘ったるい汗の匂いと、ほのかな残尿臭が混じって鼻腔を悩ましく刺激してきた。

「いい匂い……」

「嘘、まだ洗っていないのに……」

嗅ぎながらうっとり言うと、弥巳は羞恥に息を震わせて答え、それでも拒まず彼の顔に割れ目を密着させてくれた。

文彦は胸を満たし、舌を這わせて淡い酸味のヌメリを探り、息づく膣口から大きなクリトリスまで舐め上げていった。

「アアッ……、いい気持ち……」

弥巳が喘ぎ、思わずギュッと彼の顔に座り込んだ。

彼は心地よい窒息感の中で舌を這わせ、突き立ったクリトリスに吸い付いては愛液をすすった。

仰向けで舐めるから割れ目に自分の唾液が溜まらず、愛液の漏れてくる様子がはっきり舌に伝わってきた。そして彼は味と匂いを堪能してから、尻の真下に潜り込んでいった。

谷間の蕾は、年中力んでいるせいか、日美子に似てレモンの先のように僅かに突き出て粘膜の光沢があった。

鼻を埋め込むと顔中に弾力ある双丘が密着し、蕾に籠もる蒸れた匂いが鼻腔を満たしてきた。充分に嗅いでから舌を這わせると、

「あう、そんなところ舐められるの初めてよ……」

弥巳が言い、彼がヌルッと潜り込ませるとキュッと肛門で舌先を締め付けた。

どうやら彼氏は、肛門など舐めない中途半端な男なのだろう。

文彦は内部で舌を蠢かせ、淡く甘苦い粘膜を執拗に探った。

「ああ、変な気持ち……」

弥巳は喘ぎながら収縮を強め、彼の鼻先に愛液をトロリと漏らしてきた。

ようやく彼も舌を引き離し、ヌメリをすすって再びクリトリスに吸い付いた。

「も、もういいわ、今度は私が……」

すっかり高まった弥巳が言い、ビクリと股間を引き離してきた。

そして仰向けの彼の上を移動し、大股開きにさせた真ん中に腹這いになった。

「私も舐めて上げるね」

すると彼女は言い、文彦の両脚を浮かせ、尻の谷間を舐め回してくれたのだった。充分に唾液に濡らすと、ヌルッと潜り込ませ、彼は思わず肛門でモグモグと味わうようにアスリート美女の舌先を締め付けた。

5

「あうう、気持ちいい……」

文彦は、内部で蠢く舌に翻弄され、クネクネと悶えながら呻いた。

弥巳も充分に舌を動かし、熱い息を股間に籠もらせてから、ようやく脚を下ろしてくれた。

そのまま陰嚢にしゃぶり付いて睾丸を転がし、生温かな唾液にまみれさせてから、いよいよ勃起した肉棒の裏側を舐め上げてきた。

滑らかな舌が先端まで来ると、彼女は幹に指を添え、粘液の滲む尿道口をチロチロと舐め回した。

「大きいわ、彼のよりずっと」

弥巳が熱い視線を注いで言い、張り詰めた亀頭を含み、モグモグとたぐるように喉の奥まで呑み込んでいった。

「アア……」

文彦は快感に喘ぎ、温かく濡れた美女の口腔でヒクヒクと幹を震わせた。

熱い鼻息が恥毛をくすぐり、弥巳は上気した頬をすぼめて強く吸い、顔を上下させてスポスポとリズミカルな摩擦を開始した。

「い、いきそう……」

すっかり高まった彼が暴発を堪えて口走ると、弥巳もすぐに口を離して身を起こした。

「入れたいわ」

「うん、上から跨いで」

仰向けのまま言うと彼女も前進し、唾液に濡れて屹立したペニスに跨がってきた。先端に割れ目を押し当て、指で幹を支えながら息を詰め、ゆっくり腰を沈み込ませていった。

たちまちヌルヌルッと滑らかに根元まで嵌まり込むと、

「アアッ……、いいわ、奥まで感じる……」

久々のセックスらしく弥巳が顔を仰け反らせて喘ぎ、味わうようにキュッキュッときつく締め上げてきた。

文彦も温もりと感触を味わい、母娘や姉妹と順々に体験できる幸福を嚙み締めながら彼女を抱き寄せた。

弥巳が覆いかぶさってくると彼は潜り込み、左右の乳首を交互に含んで舐め回した。

「あう、いい気持ち……！」

膨らみは豊かではないが、感度は抜群のように弥巳が言って悶えた。

両の乳首を味わってから腋の下に鼻を埋め込むと、やはり熱く湿ったそこは濃厚に甘ったるい汗の匂いが籠もっていた。

彼は何度も吸い込んで鼻腔を満たし、さらに首筋を舐め上げてゆき、唇を求めていった。

弥巳も上からピッタリと唇を重ねてくれ、長い舌をヌルッと潜り込ませ、ヌラヌラと絡み付けてくれた。文彦も舌を蠢かせ、滑らかに蠢く美女の舌の感触と唾液のヌメリを感じて高まった。

執拗に舌をからめながら、弥巳が徐々に腰を動かしはじめると、彼も下から両手でしがみつき、合わせてズンズンと股間を突き上げた。

「アアッ……、すごい……」

弥巳が口を離して熱く喘ぎ、収縮と潤いを増していった。

顔を抱き寄せたまま、熱く喘ぐ口に鼻を押し付けて嗅ぐと、湿り気ある吐息はシナモン臭の刺激を含んで鼻腔を掻き回してきた。

文彦は美女の吐息に酔いしれ、きつい締め付けの中で絶頂を迫らせた。

「唾を吐き掛けて、強く……」

「いいの？　こう？」

せがむと、弥巳も高まりに任せて答え、形良い唇に唾液を溜め、強くペッと吐きかけてくれた。

「ああ……」

悩ましい匂いの吐息と生温かな唾液の固まりを鼻筋に受け、彼は激しく股間を突き上げ、肉襞の摩擦に限界を迫らせた。

すると、先に弥巳がガクガクと狂おしい痙攣を開始したのである。

「い、いっちゃう、すごいわ……、アアーッ……！」

声を上ずらせて締め付けを強め、激しいオルガスムスに達したようだ。

その収縮に巻き込まれるように、続いて文彦も絶頂を迎えた。

「いく……、気持ちいい……！」

大きな快感に口走りながら、大量のザーメンをドクンドクンと勢いよく内部に噴出させると、

「アア、熱いわ、もっと出して……！」

感じた弥巳が駄目押しの快感に喘ぎ、飲み込むように収縮を繰り返した。

文彦も下降線をたどる快感を惜しみつつ、最後の一滴まで出し尽くして突き上げを弱めていった。

「ああ、嬉しい、すごく感じたわ……」

弥巳が満足げに言って動きを止め、肌の強ばりを解きながらグッタリと体重を預けてきた。

まだ息づくような収縮が続き、刺激された幹が内部でヒクヒクと震えた。

そして文彦は重みと温もりを感じ、弥巳の悩ましい吐息を胸いっぱいに嗅ぎながら、うっとりと快感の余韻を嚙み締めたのだった。

やがて呼吸を整え、弥巳はそろそろと股間を引き離すと、互いの股間を軽くティッシュで拭った。

「じゃシャワー浴びたら出かけるわね」

彼女は言って服を持ち、文彦をそのままにして部屋を出ていった。

文彦は仰向けのまま残り香を味わい、これで知り合った全員と関係を持ってしまったことを思った。

彼にとっては出逢ったばかりの女性たちであるが、彼女たちからすれば以前からよく知っている幸彦なので、その心情は複雑かもしれない。

やがて文彦も起きて服を着ると、リビングに戻った。

間もなく弥巳もバスルームから出て、一度二階へ行って着替え、すぐに降りてきた。

「これ、私が持っていくわね。夜見が癇を起こすといけないので」

弥巳は言って、ラップを掛けて用意されたサンドイッチの皿とミニパックの牛乳を持って離れへと行った。

間もなく戻り、彼女は玄関へ言った。

「じゃ行くわ。良かったらまたして欲しいわ」

「もちろん、こちらこそ」

文彦が答えると、弥巳は笑みを浮かべて出ていった。

軽自動車の遠ざかる音を聞いてから彼は戻り、朝食が少なめだったので少し早めに昼食のパスタを食べ、シャワーを浴びて歯を磨いた。

そして夕方まで誰も帰ってこないと思うと、激しく欲情しながら離れへと行ってしまった。

座敷牢に行くと濃厚な匂いが感じられ、もう足音で気づいていたように夜見が格子の前まで来ていた。

扉の下には食事を出し入れする横長の蓋があり、すでに空になった皿と牛乳パックが出されていた。

「今日はここから出るわ。その前に、中に入って」

夜見が言い、扉を固定している紐を内側から解いて開けてくれた。

文彦は胸を高鳴らせ、屈み込んで扉から座敷牢の中に入った。

中に窓はないが、格子の外に明かり取りがあり、そして今日も天井の電気が点いていた。

敷きっぱなしの布団に、板の間にある和式水洗トイレと洗面台、あるのは歯ブラシとプラスチックのコップ。あとはタオルとティッシュの箱だけだ。

「退屈しないかい？」

「ここが好きなの。一人でいろんなことを考える」

「どんな？」

「神社で暮らしていた頃とか」

「神社で生まれ育ったの？」

文彦が聞くと、夜見が話してくれた。

日美子の亡夫、三姉妹の父親は宮司《ぐうじ》だったらしい。それで日美子という名に惚れ込み、年子の三姉妹にも、闇、弓、黄泉《よみ》などという韻を踏んだ風変わりな名を付けて漢字を宛てたのかも知れない。

そして宮司が亡くなり、神社は他の親族に任せ、日美子は三姉妹を連れて平坂家の世話になったようだった。

「ね、今日は最後までして」

夜見が言い、帯を解いて白い着物を脱ぎ去った。下には何も着けておらず、すぐにも白い肢体が露わになった。

今日は格子越しではなく、何もかもしていいらしい。

文彦も激しく興奮を高め、手早く全裸になっていった。

夜見が布団に横たわると、広がる長い黒髪が白いシーツに映えた。

文彦はのしかかり、上からピッタリと唇を重ねていった。昨日は格子の隙間から舌をからめるだけだったが、今日は密着する唇の弾力と唾液の湿り気まで充分に感じることが出来た。

彼は舌を挿し入れ、ネットリと絡み付けながら夜見の乳房に手を這わせ、指先で乳首を弄んだ。

すると夜見の全身が、うねうねと妖しく悶えはじめていった。

第四章　初めての体験

1

「ああ……、いい気持ち……」

夜見が口を離し、乳首への愛撫に熱く喘いだ。

文彦は、妖しい美少女の吐き出す熱い息を嗅ぎ、濃厚な果実臭に酔いしれながら、肌を舐め降りて乳首に吸い付いていった。

文彦の唾液を吸収して心を読んだ夜見は、すでに彼が全員とセックスしたことを知ってしまっただろうが、今は自身の欲求と好奇心で胸がいっぱいなのか、何も言わなかった。

コリコリと硬くなった乳首を舌で転がし、膨らみに顔を押し付けると心地よい弾力が返ってきた。

乳房の膨らみは、夜見が一番豊かで日美子に近いようである。

彼は左右の乳首を味わうと、格子越しでは届かなかった腋の下にも顔を埋め込んでいった。

そこには産毛と紛うほど淡い腋毛もうっすらと煙り、実に艶めかしかった。

鼻を擦りつけて嗅ぐと、濃厚に甘ったるい汗の匂いが馥郁と胸に沁み込み、彼は夢中になって貪った。

今日にも夜見が外に出てしまえば入浴もするだろうし、もうこんなに濃い匂いを嗅げる日は来ないかも知れない。

充分に酔いしれてから処女の肌を舐め降り、臍を探り、下腹の弾力を味わって脚を下降していった。脛にもまばらな体毛があるが、これも自然のまま野生の少女といった風情で良かった。

足裏にも舌を這わせ、指の股に鼻を押し付けて蒸れた匂いを貪り、爪先にしゃぶり付いていった。

「アア……、いい気持ち……」

夜見がうっとりと身を投げ出して喘ぎ、彼は両足とも全ての味と匂いを堪能し尽くしたのだった。

そして股を開かせて脚の内側を舐め上げ、張りのある内腿をたどると、先日は格子があって届かなかった股間に迫った。

「こうして」

彼は言い、夜見の両脚を浮かせて尻を突き出させた。

谷間にひっそり閉じられるピンクの蕾に鼻を埋め込むと、蒸れた汗の匂いに混じり生々しい微香も感じられた。座敷牢のトイレはシャワー付きではないので、自然のままの匂いが沁み付いているのだ。

文彦は新鮮な興奮に包まれながら、美少女の蕾を嗅ぎ、ビネガー臭に似た刺激で鼻腔を満たした。

舌を這わせて襞を濡らし、ヌルッと潜り込ませると滑らかな粘膜には微妙に甘苦い刺激があった。

「あう……、変な気持ち……」

夜見が呻き、モグモグと肛門で舌先を締め付けた。

ようやく脚を下ろし、彼は鼻先にある無垢な股間に目を凝らした。

ぷっくりした丘には楚々とした茂みが煙り、割れ目からはみ出したピンクの花びらはたっぷりと蜜を宿してヌラヌラと潤っている。

指で広げると膣口が息づき、クリトリスも祐美と同じぐらい小粒だった。

文彦はじっくり見つめてから顔を埋め込み、柔らかな若草に鼻を擦りつけて嗅いだ。

やはり甘ったるく濃厚な汗の匂いが大部分で、それに蒸れたオシッコの匂いとチーズ臭の刺激が混じり、悩ましく鼻腔を搔き回してきた。

「ああ、すごくいい匂い」

嗅ぎながら言っても、特に夜見は羞恥を感じるでもなく、内腿で彼の両頰を挟み付けながら息を弾ませていた。

胸を満たしながら舌を挿し入れ、熱く潤う膣口をクチュクチュ搔き回し、ゆっくりクリトリスまで舐め上げていった。

「アアッ……、そこ……!」

夜見がビクッと身を弓なりに反らせて喘ぎ、内腿にきつく力を込めてきた。

チロチロと舌先で弾くようにクリトリスを刺激すると、格段に愛液の量が増してきた。

「ああ……、いい気持ち……」

夜見は言い、目を閉じて快感を嚙み締めていた。もちろん自分ではいじるだろうが、人に舐めてもらうのは格別なのだろう。

「ねえ、いきそう……、入れて……」

彼女が言うので、文彦も味と匂いを胸に刻みつけてから身を起こした。

「じゃ入れる前に舐めて濡らして」

彼も大胆に言い、夜見の胸を跨いで前屈みになった。すると彼女は幹に指を添えて下向きにさせ、張り詰めた亀頭にしゃぶり付いてきた。

「ンン……」

そのまま喉の奥までスッポリと吞み込んで熱く呻き、強く吸い付きながらクチュクチュと舌をからめてくれた。

格子越しでは亀頭しか含めなかったので、あらためて口いっぱいに頰張って味わっているようだ。

文彦も股間に熱い息を受け、息を弾ませて快感を味わい、たちまちペニス全体は美少女の清らかな唾液に生温かくまみれた。

充分に高まるとヌルッと引き抜き、再び夜見の股間に戻った。

大股開きにさせて股間を進めると、彼女も待ちに待っていたように息を詰め、そのときを待っていた。

「中出しして大丈夫なのかな」

「ええ、大丈夫」

夜見が事も無げに言うので、きっと姉妹で皆ピルを飲んでいるのだろう。

文彦は先端を押し付けて潤いを与え、位置を定めてゆっくり押し込んでいくと張り詰めた亀頭がズブリと潜り込み、そのままヌルヌルッと根元まで挿入していった。

「アア……」

夜見が身を強ばらせて喘いだが、祐美ほどに痛そうな様子はない。

あるいは自分から幸彦に求めるくらいだから、指を入れるオナニーぐらいはしていたのかも知れない。

文彦は二人目の処女に股間を密着させ、熱く濡れて締め付けのきつい膣内の感触を味わいながら身を重ねていった。

胸で柔らかな乳房を押しつぶすと心地よい弾力が伝わり、夜見も下から激しく両手を回してしがみついてきた。

「痛い？」

彼も夜見の肩に手を回し、小刻みに律動しながら囁いた。

「痛くないわ。すごく嬉しい……」

彼女が健気に答え、文彦は動きながら唇を重ねて舌をからめた。

やはり一度動くと、あまりの快感に腰が止まらなくなり、いつしかズンズンと激しく腰を突き動かしてしまった。

「ンンッ……」

夜見が呻き、強く彼の舌に吸い付いてから息苦しそうに口を離した。

熱い吐息で濃厚に鼻腔を刺激され、文彦は急激に絶頂を迫らせていった。

どちらにしろ、あまり長引いても彼女が初体験で果てることもないだろうから我慢せず快感に身を任せた。

そして濃い息の匂いと肉襞の摩擦に包まれながら、彼は激しく昇り詰めてしまった。

「く……！」

短く呻き、大きな快感とともにドクンドクンとありったけの熱いザーメンを勢いよくほとばしらせると、

「き、気持ちいい……、アアーッ……！」

何と夜見が噴出を受け止めた途端に声を上ずらせ、ガクガクと狂おしく腰を跳ね上げはじめたではないか。大量の愛液を漏らし、膣内の収縮も最高潮になっていた。

あるいは、夜見は相手の体液で記憶を読み取るという特殊能力を持っているので、今も文彦の絶頂快感を感じ取り、それが自身のオルガスムスを呼び起こしたのかも知れない。

それにしても、初回で絶頂を迎える女性がいるとは驚きだった。

文彦は快感に身悶えながら股間をぶつけるように動き続け、心おきなく最後の一滴まで出し尽くしてしまった。

満足しながら徐々に動きを弱めていくと、夜見も快楽の嵐が好き去ったようにグッタリと力を抜き、なおも膣内を収縮させていた。

彼がピクンと内部で幹を跳ね上げるたび、

「あう……」

夜見が呻いてキュッと締め付けてきた。文彦はのしかかったまま濃厚な吐息を嗅いで余韻を味わい、やがて身を起こしていった。

そろそろと引き抜いて観察すると、処女を喪ったばかりの割れ目が息づき、出血は認められなかった。彼はティッシュで手早くペニスを処理し、濡れた割れ目も優しく拭ってやった。

「とうとう出来たわ……」

夜見が言い、後悔の色もなく満足げにしているので文彦も嬉しかった。

2

「シャワー浴びたいわ。出ましょう」

呼吸を整えた夜見が言って身を起こし、着物と枕カバーに歯ブラシを持った。

文彦も自分の脱いだものと、出された皿と牛乳パックを抱え、一緒に座敷牢を出て全裸で母屋へと行った。

真っ直ぐ脱衣所に入ると、彼女は持ってきたものを洗濯機に押し込み、二人でバスルームに入った。

そしてシャワーの湯を出して彼女が椅子に座り、歯ブラシを手にしたので、

「あ、歯磨き粉は付けないで。あまりハッカの匂いはしない方がいいから」

文彦が言うと、彼女も何も着けずに歯磨きをしてくれた。

互いにシャワーを浴びて股間を洗い、夜見が歯磨きを終えたので文彦は唇を重ね、口に溜まった小泡の多い歯垢混じりの唾液をすすってしまった。

彼女も嫌がらず好きにさせてくれたので、文彦は大量の生温かな唾液でうっとりと喉を潤し、もちろんムクムクと回復していった。

スポンジにボディソープを含ませ、彼は夜見の背中から股間の前後、足指の股まで丁寧に擦ってやった。

彼女は長い髪も濡らし、シャンプーを泡立てて念入りに洗った。

「腋も剃りたいわ」

「そのままの方がいいよ」

「そう、文彦さんがそう言うなら、このままにするわ」

夜見が言い、彼はドキリとした。女性から、その名で呼ばれるのが新鮮だったのだ。

「他の人の前では、文彦と呼ばないで。誰も事情を知らないのだから」

「そうね、うっかりするといけないから、じゃただ兄様と呼ぶわ」

夜見が答え、髪も洗い終えてさっぱりしたようだ。

「ね、オシッコ出る？」

文彦が洗い場の床に仰向けになりながら言うと、

「うん、どうすればいいの……」

夜見が答えた。彼は手を取って顔に跨がらせた。夜見も素直に跨がり、顔にしゃがみ込んでくれた。

脚がM字になり、内腿がムッチリ張り詰めて、ぷっくりした割れ目が鼻先に迫った。湯に湿った若草に鼻を埋めても、もう湯上がりの香りしかしなかったが、割れ目を舐めると新たな愛液で舌がヌラヌラと滑らかに動いた。

「アア、すぐ出そう……」

夜見が息を詰めて言うので、彼も促すように吸い付いた。

すると、いくらも待たないうちにチョロチョロと熱い流れがほとばしって彼の口に注がれてきた。

「ああ、こんなことするなんて……」

彼女は声を震わせて言ったが、すでに文彦の心は読み取っているので、本心から求めていることも理解しているだろう。

彼は仰向けなので気をつけて受け止め、濃い匂いに噎せ返った。

勢いが増すと口から溢れた分が頬の左右に温かく伝い流れ、耳の穴にまで入ってきた。

味も濃い方だが嫌ではなく、咳き込まないよう少しだけ喉に流し込んだ。

あまり溜まっていなかったか、間もなく勢いが衰えて流れが治まり、ポタポタ滴る雫に愛液が混じり、ツツーッと糸を引いた。

文彦は残り香の中で濡れた割れ目を舐め回すと、すぐにオシッコの味わいが洗い流され、淡い酸味の愛液が内部に満ちていった。

「も、もうダメ……」

感じすぎ、しゃがみ込んでいられなくなったように夜見が言い、バスタブに摑まって腰を浮かせていった。

文彦も身を起こし、彼女の唇を求めて舌をからめ合った。

手を取って強ばりをいじってもらいながら、夜見の口を開かせ、鼻を押し込んで嗅いだが、もう濃かった匂いは薄れ、祐美に似た可愛らしく甘酸っぱい匂いがしていた。

彼女も嫌がらずに熱い息を吐きかけてくれ、ニギニギとリズミカルにペニスをしごいてくれた。

「だ、出したい……」

すっかり高まり、文彦は言った。

「これから外に出たいので、またお口に出して」

夜見が言う。もう一度中で果てると、歩けなくなってしまうのかも知れない。

文彦は再び床に仰向けになり、自ら両脚を浮かせた。

「お尻も舐めて」

彼は風呂場で洗ったばかりだから構わないだろうと、言いながら自分で谷間を目いっぱい広げると、夜見も厭わず肛門に舌を這わせてくれた。

熱い息を弾ませ、チロチロと肛門が舐められ、ヌルッと潜り込むと、

「あう、気持ちいい……」

彼は妖しい快感に呻き、美少女の舌先を肛門で締め付けた。

夜見も、まるで舌で犯すようにクチュクチュと出し入れさせてくれた。

そして脚を下ろすと夜見は陰嚢を舐め回し、やがてせがむように上下する肉棒を舐め上げ、亀頭にしゃぶり付いてきた。

喉の奥までスッポリ呑み込み、幹を丸く締め付けて吸い、内部では満遍なく舌が蠢いてからみついた。

「ああ、いきそう……」

美少女の濃厚なフェラに高まって喘ぎ、彼はズンズンと股間を突き上げた。

夜見も顔を上下させ、スポスポと強烈な摩擦を繰り返してくれた。

「い、いく……!」

たちまち昇り詰め、彼は快感に口走りながらありったけのザーメンを噴出させてしまった。

「ンン……」

すると夜見が鼻を鳴らし、強くチューッと吸い出してくれたのだ。

「あう、すごい……」

射精とともに吸引される快感に呻き、彼は反り返ったまま硬直した。何やら陰嚢から直にザーメンを吸い取られるような、ゾクゾクする快感である。

最後の一滴まで絞り尽くし、彼はグッタリと力を抜いて身を投げ出した。

すると夜見も動きを止め、ゴクリと一息に飲んでからチュパッと口を離し、彼の股間にもたれかかってハアハアと激しく喘いだ。

どうやらザーメンとともに、彼の絶頂快感も受け止めたようだ。

「ああ、気持ち良かったわ。でも短くて、すぐ済むのね……」

夜見が息を弾ませて言い、なおも濡れた尿道口をチロチロと舐め回した。

「あうう、もういい……」

文彦が過敏に反応しながら呻くと、ようやく彼女も舌を引っ込めてくれた。

互いに呼吸を整えるとノロノロと身を起こし、二人でもう一度シャワーを浴びてバスルームを出た。

身体を拭き、文彦が服を着ると、夜見はドライヤーで軽く髪を乾かし、全裸のまま脱衣所を出て二階へ上がったので、彼も付いていった。

弥巳や祐美の部屋の奥に、夜見の私室があった。中にはベッドと学習机、本棚など、ごく普通の少女の部屋である。

ただ本棚には、神道や神秘学の本などが並んでいた。彼女も、自身の特殊能力を自覚し、それなりに調べているのだろう。

聞くと、神社にいた頃は可愛い巫女さんとして人気があったらしい。

やがて夜見は引き出しから下着やソックスを出して着け、ブラウスとジーンズに身を包んでいった。

大学へは行っていないが、見た目はごく普通のお嬢さんで、白い着物しか見ていなかった文彦は新鮮な思いに包まれた。

癇が強く、暴れたりしていたのも幸彦に拒まれたショックと、無意識の性欲や好奇心によるもので、それが解消されたのか心身も健やかそうだった。

「じゃ一緒に出ましょう。文彦さんを見に病院に行きたいの」

夜見が、まだほんのり湿った長い髪を翻して言い、彼も一緒に外へ出た。

そして夜見が戸締まりをすると、文彦は電動自転車に跨がり、荷台に彼女を座らせた。

人通りのない山道なら二人乗りでも咎められないだろう。

夜見が後ろからしがみつくと、文彦は背に当たる膨らみを感じながらペダルを踏み込んだ。

初夏の風と新緑の光を受けながら緩やかな坂道を下り、舗装道路に出てからも町までは実にスムーズだった。車道に出ると自転車を降り、引きながら二人で歩いたが、やがて間もなく病院に着いた。

駐車場に自転車を置いて、二人で中に入ると、

「まあ、夜見ちゃん、もう大丈夫なの？」

顔見知りらしいナースたちが声を掛けてきた。

すると事務室から日美子も出てきた。

「出る気になったのね。嬉しいわ」

「ええ、文彦さんのお見舞いに」

「そう、私はもう少しで上がるので、一緒に帰りましょう。あとで声かけて」

日美子は言い、忙しそうに事務室へと戻り、文彦と夜見はエレベーターで六階の病室へと行った。

3

「これが、文彦さん……」

二人で病室に入ると、夜見は昏睡している文彦を見て呟き、やがて恐る恐る近づいていった。

「本当にそっくりだわ。でも色白で手足も細いのね」

「うん、スポーツは得意じゃなかったからね」

彼が言うと、夜見は鼻に栄養チューブを装着された文彦の顔に迫り、そっと唇を重ねた。

美少女が、眠っている自分にキスするのは妙な気分だ。

舌も挿し入れているようだが彼の歯が開かないので、夜見は歯並びや唇の内側を舐め回しているようだ。

やがて顔を上げ、夜見がチロリと舌なめずりした。

「心の中は空っぽだわ」

「え……？」

「深く眠っているようで、何の記憶も思いも伝わってこない。この中に幸彦兄さんはいないようね」

「そう……、じゃ突然に目覚めるまで何も分からないか……」

文彦は言い、ここに長くいても仕方がないので、二人は窓の外の暮れはじめた空を見てから病室を出た。

一階に戻ると、ちょうど事務室から日美子が出てきたところだった。

そろそろ弥巳と祐美も、車で帰宅する頃合いだろう。

すると日美子が、文彦に言った。

「私と夜見は車で帰るので、幸彦さんは残って。白石先生がお話ししたいって。弁護士さんと三人で夕食したいというし、帰りは送ってくれるので自転車は置いていって構わないわ」

「そうですか。分かりました。じゃ」

文彦は言い、帰っていく日美子と夜見を見送り、中に戻った。

すると白衣を脱ぎ、帰り支度を整えたメガネ美女の由利子も出て来た。

「じゃ出ましょう。夕食のあと、うちに来てほしいの。帰りは車で送るので」

彼女が、レンズの奥の目をキラキラさせて囁くので、恐らく欲求が溜まっているのだろう。

やはり私室とはいえ病院内で戯れるより、自宅の方が落ち着いて出来る。

「え？　弁護士さんと三人で夕食では？」

「ああ、あれは日美子さんを安心させるための嘘。もう弁護士からは話を聞いているので」

由利子が、ほんのり甘い匂いを漂わせて言うので、文彦も苦笑した。

「じゃ、夕食なんか急いで終えましょう」

「そうね。じゃあっちへ」

言うと彼女も答え、歩いて近くの場所にある店に入った。

フルコースのあるレストランなどではなく、早く注文できる定食屋で、あまり混んでいなかった。

二人は差し向かいのテーブルに着き、瓶ビールを二人で一本、そして一緒に焼肉定食を頼んだ。

「犯人二人の両親が見舞いに来て、平謝りだったわ」

由利子が、ビールで喉を潤しながら言う。

「そうですか」

「二人とも父親は良い会社の重役で、何とか示談にしてほしいって懇願してたけど、弁護士が頑として拒んだの。今は昏睡中だけど、このまま死ねば過失致死だからって」

「では、起訴されれば実刑は免れないでしょうね」

「ええ、どちらにしろ今回のことだけで二人は退学だわ。取りあえず入院費の手続きだけ済ませたので」

由利子が言うと、二人分の焼き肉定食が運ばれ、二人で食事をはじめた。

もちろん文彦は、今日も朝から弥巳や夜見と何度も射精しているが、相手さえ変われば淫気満々で期待に胸が高鳴った。

あるいは幸彦の意識は眠っていても、性欲も精力も二人分になっているのではないかと思えた。

「それより、あなたの体調は大丈夫？　記憶の方も」

「ええ、体は大丈夫だけど、記憶は一向に。だから大学に戻っても、講義についていかれないかと思って心配です」

「そう。文彦さんの方も目を覚ます兆しはないし」

由利子が言い、文彦は食事しながら訊いてみた。

「文彦のペニスも、触れましたか？」

言うと、由利子は肉を喉に詰めそうになって身じろぎ、急いでビールで流し込んだ。

「……実は、一度してしまったわ。尿道カテーテルとオムツの交換で清拭したとき、いじったら勃起したのでつい跨がってしまって」

確かに、相手が多くいる文彦と違い、由利子は毎日忙しくてストレスも性欲も溜まり放題だろう。まして以前していたことだから、文彦にも思わずしてしまったようだ。

「そうですか、では文彦の肉体も童貞を卒業したんですね。ありがとうございます」

「なぜあなたがお礼を言うの？」

「それは、一心同体のようなものですから」

彼は言い、自分の体は快楽を得て、どんな夢に遊んでいるのだろうと思った。

やがて急いで食事を終えると茶を飲んで立ち上がり、由利子が会計を済ませてくれた。

再び病院の駐車場に戻ると由利子の車に乗り、ものの十分ほどで彼女のマンションに着いた。

五階にある部屋に入ると、中は2LDK。広いキッチンとリビングに書斎、あとは寝室である。夫婦で住んでいたところではなく、離婚後に一人用に借りているらしい。

「待ち切れないわ。仕事明けでシャワーも浴びたいのだけど」

「シャワーはあとにしましょう」

文彦は寝室に入りながら手早く脱ぎはじめた。

寝室にはセミダブルのベッドが据えられ、あとは化粧台とクローゼットで、室内には美女の熟れた体臭が立ち籠めていた。

由利子も脱いでゆき、見る見る白い肌を露わにしていった。

先に全裸になってベッドに横たわると、枕に沁み付いた匂いに刺激され、たちまち激しく勃起していった。

何しろ由利子は、文彦にとって最初の女性だから思い入れも大きい。

「メガネはこのままでいいのね？」

彼女も一糸まとわぬ姿になって言い、メガネだけ掛けてベッドに上ってきた。

「ああ、したくて堪らなかったわ。眠っている子じゃなく起きているあなたと」

由利子が身を投げ出して言う。

やはり昏睡している男を弄んでばかりだから、相手が目覚めているときは愛撫を受けたいのだろう。

文彦も上からのしかかると、チュッと乳首を含み舌で転がしながら顔中で柔らかな膨らみを味わった。

「アア……、いい気持ち……」

由利子もすぐに熱く喘ぎはじめ、クネクネと身悶えながら甘ったるい匂いを揺らめかせた。

文彦は左右の乳首を交互に含んで舐め回し、腋の下にも鼻を埋め込んで、濃厚に蒸れた汗の匂いに噎せ返った。

「あ、汗臭いでしょう……」

由利子が声を震わせたが、彼は貪るように嗅いで甘い女臭で胸を満たした。

湿った腋に舌を這わせ、そのまま滑らかな脇腹を舐め降り、形良い臍を探ってから下腹に顔を押し付けて弾力を味わった。

もちろん股間は最後に取っておき、脚を舐め降りて足首まで行った。

足裏を舐め、指の間に鼻を割り込ませて嗅ぐと、

「あう、汚いのに……」

由利子がビクリと反応して呻いたが、拒むことはしなかった。むしろ病院内と違って自宅だから、じっくり時間をかけて感じたいのだろう。

文彦は汗と脂に湿って蒸れた匂いを貪り、爪先にしゃぶり付いた。

両足とも、全ての指の股を舐めて味と匂いが消え去ると、彼は美人女医を大股開きにさせて脚の内側を舐め上げていった。

白くムッチリした内腿をたどっていくと、

「ああ……」

期待に由利子が喘ぎ、ヒクヒクと下腹を波打たせた。

熱気と湿り気の籠もる股間に達すると、先に文彦は彼女の両脚を浮かせ、白く豊満な尻に迫った。

谷間の蕾に鼻を埋めると、顔中に弾力ある双丘が密着した。

蕾に沁み付いた蒸れた匂いを貪り、チロチロと舌でくすぐるように舐め回し、ヌルッと潜り込ませて滑らかな粘膜を探った。

「あう……、いい気持ち……」

由利子が呻き、キュッときつく肛門で舌先を締め付け、割れ目からは大量の愛液を漏らしてきた。

文彦は充分に舌を蠢かせてから脚を下ろし、割れ目に顔を埋め込んでいった。

4

「アア……、いいわ……！」

由利子が顔を仰け反らせて喘ぎ、内腿できつく文彦の顔を挟み付けた。

柔らかな茂みには熱く蒸れた汗とオシッコの匂いが馥郁と籠もり、悩ましく鼻腔が刺激された。

舌を挿し入れ、淡い酸味に潤って息づく膣口の襞を掻き回し、ヌメリを舐め取りながらクリトリスまで舐め上げていった。

「あう、そこ……!」

由利子が仰け反って口走り、股間を突き上げて彼の口に押し付けてきた。

文彦は匂いに酔いしれながら執拗にクリトリスを舐め回し、強く吸い付いた。

愛液の量が格段に増し、彼は指も潜り込ませて膣内を摩擦した。

「お、お尻にも入れて……」

彼女が大胆にせがみ、文彦は左手の人差し指も肛門にあてがい、ゆっくり潜り込ませてきた。

「アアッ……、すごいわ……」

由利子は激しく喘ぎ、それぞれ前後の穴で彼の指をきつく締め付けた。

文彦は肛門に入った指を小刻みに出し入れさせ、膣内の指も内壁を擦り、話に聞く天井のGスポットも指の腹で圧迫した。

「い、いきそうよ……、入れたいわ。お願い……」

彼女が声を上ずらせて懇願し、文彦もヌルッと前後の穴から指を引き抜いて身を起こした。

股間を進め、由利子とは初めての正常位で先端を濡れた割れ目に擦り付け、充分にヌメリを与えてからゆっくり挿入していった。

ヌルヌルッと滑らかに根元まで納まり、股間が密着すると、

「あう……、いい……！」

由利子がキュッと締め付けて呻き、両手を伸ばして彼を抱き寄せた。

文彦も身を重ね、息づく膣内の蠢動と温もりを味わいながら、胸で柔らかな乳房を押しつぶした。

肛門に入っていた左手の人差し指を嗅ぐと、汚れはないが生々しい匂いが感じられ、それだけで彼は漏らしそうになってしまった。

上から唇を重ねると、

「ンンッ……！」

彼女が熱く鼻を鳴らし、貪るように舌をからみつかせてきた。

滑らかに蠢く舌の感触と唾液のヌメリを味わい、美女の熱い鼻息で鼻腔を湿らせながら、次第に彼は腰を突き動かしはじめた。

「ああッ……、いいわ、もっと突いて……」

由利子が唾液の糸を引いて口を離し、激しく喘いでズンズンと股間を突き上げた。メガネ美女の口から吐き出される息は熱く濃厚な花粉臭を含み、それに食後のガーリック臭もほのかな刺激となって混じり、嗅ぐたびにゾクゾクと胸に沁み

込んできた。

しかし急に、彼女が突き上げを止めたのだ。

「ね、お尻の穴を犯して……」

「え、大丈夫かな」

言われて、文彦も驚いて動きを止めながら答えた。

「ええ、一度してみたいの。無理にでも押し込んでしまって」

由利子が下から熱っぽくせがむので興味を覚え、彼も身を起こしてヌルリとペニスを引き抜いた。

すると彼女が自ら両脚を浮かせて抱え、白く丸い尻を突き出してきた。

見ると割れ目から伝い流れる愛液が肛門をヌメヌメと潤わせ、蕾は初体験を待つように妖しく収縮していた。

文彦は愛液に濡れた先端を押し当て、呼吸を計った。

由利子も口呼吸をし、懸命に括約筋を緩めていた。

「じゃ入れますよ。無理だったら言って下さいね」

「ええ、構わないから思い切り入れてみて」

気遣って囁くと彼女が答え、やがて文彦も可憐な蕾にグイッと強く先端を押し付けていった。

すると細かな襞が伸びきって丸く押し広がり、裂けそうなほど光沢を放ったが、タイミングが良かったか最も太い亀頭が潜り込んでしまった。

「あう、いいわ、奥まで来て……」

由利子が呻いて言い、彼もヌメリに任せてズブズブと奥まで挿入していった。

さすがに入り口の周辺はきついが、中は思ったより楽で、ベタつきもなく滑らかだった。

そして膣内とは異なる感触が彼自身を包み込んだ。

「アア……、変な感じ……」

由利子が脂汗を滲ませて喘ぎ、自ら乳首をつまんで動かし、もう片方の手は空いている割れ目に這わせた。愛液を付けた指の腹でクリトリスを擦ると、クチュクチュとリズミカルな摩擦音が聞こえてきた。

このようにオナニーするのかと文彦は見下ろし、興奮を高めながら収縮に絶頂を迫らせていった。

「突いて、強く奥まで何度も……」

由利子が自慰を続けながら言い、彼も様子を見ながら小刻みに腰を突き動かしはじめた。

　すると彼女も懸命に肛門を緩めるので、次第に滑らかに律動できるようになっていった。文彦もいったん動くと止まらなくなり、きつい摩擦快感で急激に絶頂を迫らせた。

「ああ、気持ちいい、いきそう……」

「いいわ、中にいっぱい出して……」

　二人は息を弾ませて言い、文彦は、このメガネ女医の肉体に残る最後の処女の部分を味わいながら昇り詰めていった。

「い、いく……、気持ちいい……」

　彼は突き上がる絶頂の快感に口走り、熱いザーメンをドクンドクンと勢いよく注入した。

「か、感じるわ……、アアーッ……!」

　噴出と同時に由利子も声を上ずらせ、ガクガクとオルガスムスの痙攣を開始したのだった。あるいはアナルセックスの感覚より、自らいじる乳首とクリトリスの快感で果てたのかも知れない。

　膣内と連動するように直腸内部も収縮し、中に満ちるザーメンでさらに動きがヌラヌラと滑らかになった。

　文彦は心ゆくまで初めての快感を嚙み締め、最後の一滴まで出し尽くしていった。そして徐々に動きを弱めていくと、由利子も力尽きたように乳首と割れ目から指を離し、グッタリと身を投げ出していった。

　完全に動きを止め、収縮の中でヒクヒクと過敏に幹を震わせていると、引き抜こうとしなくても締め付けとヌメリでペニスが押し出されてきた。

　やがてツルッと抜け落ちると、何やら美女に排泄されたような興奮が湧いた。見ると、丸く開いて粘膜を覗かせた肛門も、すぐにつぼまって元の可憐な形に戻っていった。

「さあ、すぐ洗わないと……」

　余韻に浸る余裕もなく、彼女が身を起こして医者らしく言った。

　文彦も呼吸が整わないうち一緒にベッドを降り、二人で寝室を出てバスルームに行った。

　洗い場の椅子に彼を座らせ、由利子がシャワーの湯を出してペニスを流し、さらにボディソープで甲斐甲斐しく洗ってくれた。

「さあ、オシッコ出しなさい」

由利子が言い、彼も回復しそうになるのを堪えながら懸命に尿意を高め、やっとの思いで内側から洗い流すようにチョロチョロと放尿した。

出しきると、もう一度彼女が湯を浴びせてくれ、最後に屈み込んで消毒するようにチロリと尿道口を舐めてくれた。

「さあ、これでいいわ。初めての体験良かったわよ。まだ何か入っている気がするけど」

由利子が言い、自分の股間も洗った。

「ね、由利子先生もオシッコして」

文彦が言い、床に座って彼女を前に立たせ、片方の足を浮かせてバスタブのふちに乗せさせた。

「まあ、浴びたいの？　いいけど……」

由利子は言い、股間を突き出してくれた。

顔を埋めると、もう悩ましい匂いが薄れていたが舌を這わせると新たな愛液が溢れて淡い酸味が満ちてきた。

「口にしてほしいの？　いっぱい出そうよ。いいのね」

すっかり尿意を高めた由利子が言い、膝を震わせながら息を詰めた。

舐めていると奥の柔肉が迫り出し、たちまち味わいと温もりが変化した。

「あう、出る……」

彼女が言うなり、チョロチョロと熱い流れが勢いよくほとばしってきた。

文彦は口に受け、淡い味わいと匂いに酔いしれながら喉に流し込んだ。

「アア、変な気持ち……」

由利子は喘いで彼の頭に摑まり、さらに勢いを付けてゆるゆると長い放尿を続けた。口から溢れた分を肌に浴びながら、また彼自身はムクムクと回復していったのだった。

ようやく流れが治まると、彼は残り香の中で余りの雫をすすったが、

「ベッドに戻りましょう」

彼女は気が急くように言って身を離し、二人でもう一度シャワーを浴びた。

5

「ね、今度は上にさせてね」

由利子が、ベッドに文彦を仰向けにさせて言い、回復したペニスにしゃぶり付

いてきた。やはり、今度は正規の場所で昇りつめたいのだろう。

喉の奥までスッポリと呑み込むと、彼女は上気した頬をすぼめて吸い付き、たっぷりと唾液で濡らしながらクチュクチュと摩擦した。

「ああ……」

文彦は濃厚な愛撫に身を任せて快感に喘いだが、今日はずいぶん射精しているので暴発の気遣いはなかった。しかし硬度は衰えることなく、唾液にまみれたペニスは雄々しく突き立ち、美女の口の中で震えていた。

やがて充分に濡らしただけで、由利子は待ちきれないようにスポンと口を引き離し、身を起こして前進してきた。

彼の股間に跨がると唾液に濡れた幹に指を添え、先端に割れ目を押し付け、グリグリ擦り付けながら腰を沈めて受け入れていった。

割れ目も乾く暇が無いほど大量の愛液に潤い、彼自身はヌルヌルッと滑らかに根元まで呑み込まれていった。

「アアッ……、奥まで感じるわ……」

由利子がぺたりと座り込み、味わうようにキュッキュッと締め上げながら喘いだ。やはりアナルセックスより、こちらの穴の方が格段に感じるらしく、収縮と潤いが最高潮になっていた。

文彦も熱く濡れた柔肉に締め付けられ、両手を伸ばして彼女を抱き寄せた。しがみつきながら僅かに両膝を立てて尻を支えると、すぐにも由利子が腰を遣いはじめた。

柔らかな恥毛が擦れ合い、コリコリする恥骨の膨らみも痛いほど股間に押し付けられた。彼も合わせてズンズンと股間を突き上げると、

「ああ……、いい気持ち……」

彼女が喘ぎ、たちまち二人の動きがリズミカルに一致して、ピチャクチャと淫らな音が響いてきた。溢れた愛液が陰嚢の脇を伝い流れ、彼の肛門まで生温かく濡らした。

「唾を垂らして……」

見上げてせがむと、メガネ美女も形よい唇をすぼめ、白っぽく小泡の多い唾液をトロトロと吐き出してくれた。

それを舌に受けて味わい、うっとりと喉を潤すと甘美な悦びが胸に広がった。

「中で悦んでるわ……」

幹のヒクつきを感じ、なおも由利子が彼を悦ばせようと唾液を溜めた。

「顔に思い切り吐きかけて……」

なおも求めると、由利子も口を寄せて息を吸い込み、強くペッと吐きかけてくれた。生温かな唾液の固まりが鼻筋を濡らし、悩ましい匂いとともに頬の丸みをトロリと伝い流れた。

「ああ、顔中ヌルヌルにして……」

突き上げを強めながら言うと、由利子も彼の顔中にヌラヌラと舌を這わせてくれた。舐めると言うより垂らした唾液を舌で塗り付ける感じで、たちまち顔中が美女の唾液にまみれた。

濃厚な吐息と唾液の匂いで鼻腔を刺激され、さらに彼女の口に鼻を押し込んで嗅ぎながら突き上げ続けると、

「い、いっちゃう……」

由利子が熱い息で口走り、吸い込むような収縮が繰り返された。

「い、いく……！」

とうとう文彦も我慢できずに喘ぎ、ありったけの熱いザーメンをドクンドクンと勢いよくほとばしらせてしまった。

「アア、もっと、いいわ……、アアーッ……！」

噴出を感じた由利子も声を上げ、狂おしくガクガクと全身を波打たせた。

凄まじいオルガスムスに巻き込まれ、彼は駄目押しの快感の中で心おきなく最後の一滴まで出し尽くしていった。

すっかり満足しながら動きを弱めていくと、

「ああ、良かった……」

由利子も声を洩らして硬直を解き、力を抜いてグッタリともたれかかった。

まだ膣内は名残惜しげな締め付けが繰り返され、中でヒクヒクと幹が過敏に跳ね上がった。

「あう、まだ動いてるわ……」

由利子も敏感になっているように呻き、キュッときつく締め上げた。

文彦は彼女の口に鼻を押し付け、花粉臭とガーリック臭の混じった濃厚な吐息を嗅いで、うっとりと胸を満たしながら余韻を味わった。

「さあ、もう一度シャワーを浴びましょう。そうしたら送っていくので」

やがて二人で呼吸を整えると由利子が言い、そろそろと身を起こして股間を引き離した。

そしてティッシュの処理も省いてベッドを降りたので、文彦も一緒に起きて再びバスルームに行った。

もう今日の射精は充分だったので彼は回復することはなく、由利子もすっかり気が済んだようだった。

浴びて身体を拭くと、二人は身繕いをし、マンションを出た。

本当はすぐ横になりたいだろうに由利子が車を出してくれ、彼も助手席に乗り込んだ。

そして十五分ほど走ると、車は平坂家の門前に到着した。

「じゃ、このまま挨拶せず帰るわね」

「ええ、ではまた。ありがとうございました」

文彦が車を下りて言うと、由利子はUターンして走り去っていった。

それを見送った彼は門から入り、玄関を開けた。

「お帰りなさい。白石先生は？」

「送ってくれただけで、すぐ帰られました」

出てきた日美子に答え、彼は戸締まりをして上がり込んだ。

リビングでは、三姉妹が寛いでいる。彼もソファに座ると日美子が茶を入れてくれた。

そこで文彦は、由利子に聞いた犯人や親たちのその後の経過を皆に話した。

「そう、じゃ順調に裁判を待つだけね」

日美子は言ったが、彼は実は会っていない病院の顧問弁護士のことを訊かれたらどうしようかと思ったが、特に話題に出ることもなかった。

「ええ、あとは文彦が目を覚ませば良いだけです」

文彦が言うと、もう寝る時間になったか、三姉妹は二階へ引き上げていった。

もちろん夜見も、今夜からは二階の自室で寝るようだ。

彼は、洗面所で歯磨きだけして自室に入った。日美子も、灯りを消して奥の寝室に入るのだろう。

もちろん今夜日美子に誘われたら応じるつもりでいたが、暗い部屋でベッドに横になると、さすがに疲れて睡魔に襲われた。

何しろ今日は朝から夜まで、弥巳に夜見、由利子を相手に何度となく快楽を分かち合ったのである。

しかも由利子とは、アナルセックスの初体験までしたのだ。

(いろんなことがあったなあ……)

文彦は今日一日のことを思い、目を閉じると、たちまち深い睡りに落ちてしまったのだった……。

――翌朝、朝食を済ませた文彦がシャワーを浴びて服を着ると、日美子が病院へ出かけていった。もう夜見も牢から出たので、溜まっている事務仕事の処理が大変なようだった。

しかし弥巳は今日は休みらしく、講義に出るのは祐美だけらしい。

「せっかくだから、祐美を大学へ送りついでにドライブに行きましょう。夜見も久々の外だろうから」

弥巳が言い、皆は出かける仕度をした。

「いいな、私も講義休んで行っちゃおうかな」

祐美が羨ましげに言ったが、弥巳に窘《たしな》められていた。

やがて弥巳の軽自動車に四人で乗り込んだ。夜見が助手席で、文彦と祐美は後部シートだ。

軽やかにスタートすると、祐美が前の二人に分からないようそっと文彦の手を握ったが、ものの十五分ほどで大学に着くと、名残惜しげに祐美が降りた。

「大学に入ってみる？　何か思い出すかも知れないから」

「いや、知らない奴に声を掛けられるのも困るし」

彼が弥巳に答えると、祐美も諦めたように外からドアを閉めた。

祐美を見送り、文彦は大学の様子を見てから、やがて車が走りはじめた。

山へと入り、幸彦がバイク事故を起こしたという場所も通った。カーブでガードレールに激突し、バイクは大破し、彼だけ崖下に落ちたらしい。

「思い出さない？」

弥巳に言われても、もちろん彼は首を横に振るだけだ。

夜見は、文彦が思い出さないことも知っているので、久々の景色を見回し、やがて車は一回りして昼前に屋敷へと戻ったのだった。

第五章　無意識の夢の中

1

「ね、どうせママも祐美も夕方まで戻らないのだから、三人でしてみない？」

軽く昼食を終えると、弥巳が目をキラキラさせて言った。

「え？　まさか」

「そうよ、3Pよ。どうせあなたは最終的に祐美と一緒になるでしょうから、その前に私たちと」

弥巳が言うので文彦は驚き、思わず夜見の顔を見たが、彼女も平然とし、その気になっているようではないか。

「だって、姉妹で大丈夫なの……？」

「私たちは平気よ。泣き虫で恐がりの祐美とは違うのだから」

弥巳が言い、夜見も頷いた。

それは彼も、美女二人を一度に相手にするのは興奮をそそるが、姉妹で気まずくないのだろうか。あるいは彼女たちは、一般的な世間の姉妹とは感覚が違うのかも知れない。

「ね、誰の部屋でしてみたい？」

弥巳が興奮に頰を上気させて言うと、彼も思わず考えた。やはり三人でとなると各部屋のベッドより、布団の方が動きやすそうだ。

「それなら、座敷牢で……」

「わあ、それがいいわ」

文彦が言うと、夜見も歓声を上げて立ち上がった。

弥巳も立って、二人は彼の手を引くように母屋を出て離れへと行った。

夜見が扉を開くと、まだ彼女の床は敷き延べられたままだった。室内に籠もる匂いも、弥巳は気にならないらしい。

「じゃ脱ぎましょう」

彼と同い年だがリーダー格のように弥巳が言って脱ぎはじめ、夜見もためらいなく清楚な洋服を脱いでいった。

文彦も脱ぎながら、妖しい期待にムクムクと勃起してきた。

昨日はあれだけしたのに、やはり一晩寝たので、気力も体力もすっかり元通りになっていた。

やがて全裸になると、彼は夜見の体臭の沁み付いた布団に仰向けになった。

「すごい、こんなに勃ってる……」

弥巳が言い、二人も一糸まとわぬ姿になって左右から見下ろしてきた。

彼はどちらとも関係を持っているが、二人一緒となると興奮も倍加し、二人分の新鮮な匂いが部屋に立ち籠めはじめた。

「最初は二人で味わいたいので、じっとしていて」

弥巳が言い、申し合わせたように二人が左右から迫り、同時に彼の両の乳首にチュッと吸い付いてきた。

「あう……」

文彦は、ビクリと反応して呻いた。二人も熱い息で肌をくすぐり、左右の乳首を舐め回してくれた。

まるで姉妹はテレパシーで通じ合っているようだ。

体育会系の弥巳も、活発そうな見かけによらず、繊細な特殊能力を持っているのではないか。あるいは夜見が主導権を握り、その強い力で、弥巳を操っているのかも知れない。

もっとも双子の心が入れ替わるという不思議なことが起きているのだから、姉妹の心が通じ合うぐらい何でもないのだろう。

両の乳首で、それぞれの舌がチロチロと蠢くと、どうにもじっとしていられずクネクネと全身が悶えてしまった。

「か、嚙んで……」

文彦が言うと、二人も綺麗な前歯でキュッと乳首を嚙んでくれた。

「ああ、気持ちいい、もっと強く……」

さらにせがむと、二人も咀嚼《そしやく》するようにキュッキュッと歯で愛撫し、彼は甘美な刺激に勃起した幹を震わせた。

そして二人は彼の肌を舐め降り、ときに腋腹にもキュッと歯並びを食い込ませてくれた。文彦は美しい姉妹に食べられていくような興奮に包まれ、尿道口から先走りの粘液を滲ませた。

しかし二人は、いつも彼がするように股間を避け、腰から脚を舐め下りていったのである。

左右の足裏にも二人の舌が這い、ためらいなく爪先がしゃぶられると順々に舌が指の股に割り込んで蠢いた。

「あう、そんなことしなくていいよ……」

文彦は遠慮がちに言ったが、それは実に心地よいものだった。何しろシャワーも浴びていない足指に、美女たちの最も清らかな舌が触れているのである。

二人も、彼を悦ばせるのではなく自身の欲望を満たすために賞味しているようだった。

両の爪先が生温かな唾液にまみれ、彼はそれぞれの滑らかな舌先を指で挟み付けた。

ようやく味わい尽くすと、二人は彼を大股開きにさせ、両脚の内側をゆっくり舐め上げ、内腿にもキュッと歯が立てられた。

二人が頬を寄せ合い股間に達すると熱い息が籠もり、まず弥巳が彼の両脚を浮かせて尻を舐めてくれた。

双丘にも歯が食い込み、谷間の肛門もチロチロと交互に舐め回された。

「く、気持ちいい……」

舌先がヌルッと肛門に潜り込むと、彼は妖しい快感に呻き、内部で蠢く舌に操られるように幹を上下させた。

二人は厭わず、代わる代わる肛門を舐めては潜り込ませ、もう彼はどちらの舌が入っているかも分からないほど朦朧となってしまった。

ようやく二人が顔を上げると脚が下ろされ、再び頬を寄せ合い、今度は同時に陰嚢にしゃぶり付いてきた。

左右それぞれの睾丸を舌で転がし、たまにチュッと吸い付かれると、

「あう……」

急所だから、思わず彼は刺激に呻いて腰を浮かせた。

やがて袋全体が混じり合った唾液に生温かくまみれると、二人は肉棒の裏側と側面をゆっくり舐め上げてきた。

そして同時に先端に達すると、交互にチロチロと尿道口の粘液を舐め取り、張り詰めた亀頭にも舌を這わせた。

快感に息を弾ませながら恐る恐る股間を見ると、ポニーテールで凜とした弥巳と、妖しい美少女の夜見が一緒に亀頭をしゃぶっている。

何という贅沢な快感であろうか。

風俗なら金を払って二輪車もあると聞くが、相手は素人女性で、しかも実の姉妹、長女と三女なのである。

さらに二人は交互にスッポリとペニスを呑み込み、頬をすぼめて吸い付きながらチュパッと離しては交代した。

どちらの口腔も温かく清らかな唾液に濡れているが、温もりも舌の蠢きも吸引も、二人立て続けだと微妙な違いもあり、そのどちらにも彼は快感を得て激しく高まった。

「い、いっちゃうよ……」

文彦は警告を発したが、二人は構わず強烈な愛撫を続行し、交互に含んではスポスポとリズミカルな摩擦を繰り返した。

もう限界である。二人がかりだから、絶頂も二倍の速さで襲いかかってきたようだ。

「いく……、アアッ……！」

とうとう彼は絶頂の快感に激しく全身を貫かれて喘ぎ、熱いザーメンがドクンドクンと勢いよくほとばしった。

「ンン……」

ちょうど含んでいた夜見が喉の奥を直撃されて呻き、スポンと口を離すと、すかさず弥巳がくわえて余りを吸い出してくれた。

「アア……、気持ちいい……」

文彦は魂まで吸い出される思いで身を強ばらせ、喘ぎながら最後の一滴まで出し尽くしてしまった。

やがてグッタリと身を投げ出すと、弥巳も動きを止め、亀頭を含んだままコクンと口の中のものを飲み込んだ。

「あう……」

口腔がキュッと締まり、彼は駄目押しの快感に呻いた。

すると弥巳が口を離し、夜見と一緒に舌を伸ばして余りの雫に濡れた尿道口を丁寧に舐め回してくれた。もちろん夜見も、口に飛び込んだ濃い第一撃は飲み込んだようだ。

「あうう、もういいよ、どうもありがとう……」

文彦は過敏に幹を震わせながら身をよじり、降参して言った。

するとニ人も顔を上げ、チロリと淫らに舌なめずりしたのだった。

2

「さあ、回復するまで何でもしてあげるから言って」

弥巳が言い、荒い呼吸を繰り返していた文彦も、何でもしてあげるというその言葉で急に元気になってきた。

「じゃ、二人で顔に足を乗せて……」

仰向けのまま言うと期待と興奮に、萎えかけていたペニスがムクムクと鎌首を持ち上げてきた。

「いいわ、こう?」

弥巳が言い、夜見と一緒に立ち上がって彼の顔の左右に立った。

あらためて真下から見ると、弥巳は健康的でスラリとしたプロポーションで、夜見も長い髪の妖しい美少女で肢体も魅惑的だった。

二人は片方の足を浮かせ、互いに体を支え合いながら、そっと足裏を文彦の顔に乗せてきた。

「ああ……」

彼は興奮と快感に喘いだ。やはり二人分の足裏を一度に味わうのは何とも贅沢なことである。

それぞれの爪先に鼻を擦りつけて嗅ぐと、どちらも指の股は汗と脂にジットリ湿り、蒸れた匂いが濃く沁み付いて鼻腔を刺激してきた。

似た匂いを貪り、文彦は弥巳の方から爪先をしゃぶって舌を割り込ませ、夜見の方も存分に味わった。

「あう、くすぐったいわ……」

夜見が呻き、弥巳にしがみついた。たまにバランスを崩すと彼の顔がヒュッと踏まれ、何とも心地よかった。

足を交代してもらい、彼は二人分の新鮮な味と匂いを堪能し尽くすと、ようやく口を離した。

「じゃ顔にしゃがんで」

言うと、もちろん姉の方から彼の顔に跨がり、長い脚をM字にさせてしゃがみ込んだ。健康的な内腿がムッチリと張り詰め、すでに濡れている割れ目が熱気とともに鼻先に迫った。

弥巳は自分から彼の鼻と口に、ギュッと股間を押しつけてきた。

文彦は心地よい窒息感に噎せ返りながら、恥毛に籠もって蒸れた汗とオシッコの匂いで鼻腔を刺激され、舌を這わせはじめた。

淡い酸味のヌメリが大量に溢れて舌の動きが滑らかになり、彼は膣口の襞を掻き回して大きめのクリトリスまで舐め上げていった。

「アアッ……！」

弥巳が懸命に両足を踏ん張って喘ぎ、新たな愛液を漏らしてきた。

その間、夜見は回復しはじめたペニスを弄び、チロチロと先端にしゃぶり付いていた。

文彦は快感に腰をよじりながら弥巳の割れ目を貪り、充分に味わってから尻の真下に潜り込んだ。

張りのある双丘を顔中に受け止め、やや突き出た蕾に鼻を埋めて蒸れた匂いを嗅ぎ、舌を這わせてヌルッと潜り込ませた。

「あう……」

弥巳が呻き、キュッと肛門で舌先を締め付けた。

文彦は執拗に舌を蠢かせて滑らかな粘膜を味わい、再び割れ目に戻って大量のヌメリを舐め取り、大きなクリトリスに吸い付いた。

「も、もういいわ、入れたい……」

弥巳が言って自分から股間を引き離して移動すると、股間にいた夜見も場所を空けた。

彼女は跨がり、夜見の唾液に濡れた先端に割れ目を押し当て、ヌルヌルッと膣口に受け入れながらゆっくり座り込んでいった。

「アアッ……、いい……」

根元まで納めた弥巳が股間を密着させ、顔を仰け反らせて喘いだ。

文彦も締め付けと温もりで快感に包まれたが、二人に口内発射したばかりなので、少しの間は暴発の恐れもなさそうだった。

弥巳が身を重ねてくると、夜見も添い寝してきた。

文彦は逞しい弥巳の重みを受け止め、潜り込むようにして乳首に吸い付いた。

舌で転がし、両の乳首を充分に舐めると、横から夜見も柔らかな乳房を押し付けてきた。

彼はそちらも含んで舌を這わせ、二人分の乳首を味わった。

さらに順々に二人の腋の下にも鼻を埋め込み、それぞれ濃厚に甘ったるく蒸れた汗の匂いで胸を満たした。

活発な弥巳の汗ばんだ腋はミルクに似た匂いで、夜見の和毛のある腋も艶めかしくかぐわしかった。

二人分の体臭で胸を満たしていると、徐々に弥巳が腰を遣いはじめた。

「ああ……、すぐいきそう……」

弥巳が息を弾ませて言い、激しく股間を上下した。大量の愛液が溢れてクチュクチュと音を立て、膣内の収縮が活発になっていった。

彼は弥巳の顔を引き寄せ、下からピッタリと唇を重ねた。

すると、また夜見が腋から顔を割り込ませてきたのだ。舌を伸ばすと、二人もチロチロと舌をからめてくれた。

姉妹なのに、互いの唾液に濡れた舌が触れ合うのも構わないようだ。

文彦は二人分の混じり合った唾液をすすり、熱く湿り気ある息を嗅いだ。

弥巳のシナモン臭と、夜見の果実臭が悩ましく入り混じり、うっとりと彼の胸に沁み込んできた。

やがて文彦も激しく高まったが、まだ次があるので何とか堪えながら、彼もズンズンと股間を突き上げていると、

「い、いっちゃう……、アアーッ……！」

弥巳が顔を仰け反らせて声を上げ、ガクガクと狂おしいオルガスムスの痙攣を開始したのだった。

そして執拗に腰を動かし、肉襞をペニスに擦り付けながら、あとは声もなくヒクヒクと全身を震わせた。

ようやく弥巳が力を抜いてグッタリともたれかかってきたが、辛うじて文彦は漏らさずに済んだので、これで心おきなく夜見と出来るだろう。

「ああ……、気持ち良かった……」

弥巳が満足げに声を洩らし、いつまでも膣内の収縮を続け、荒い息遣いを繰り返していた。

やがて弥巳が股間を引き離し、ゴロリと横になって呼吸を整えた。

すぐに夜見が跨がってくるかと思ったが、

「ね、シャワー浴びたいわ」

「じゃ私も」

弥巳が言うと、夜見も身を起こしたので、文彦もいったん休憩して三人で離れを出ることにした。座敷牢を出て、三人は全裸のまま廊下を進んで母屋のバスルームへと入った。

三人で身を寄せ合い、シャワーの湯で身体を流すと、バスルームなので彼は例のものを求めたくなってしまった。

「ね、左右から肩を跨いで」

文彦が床に座って言うと二人も素直に立ち上がり、両側から彼の肩に跨がり、顔に股間を向けてくれた。

「オシッコして」

「いいわ、したくなってきたから」

言うと弥巳が答え、夜見も息を詰めて尿意を高めはじめてくれた。

左右から迫る、匂いの薄れた割れ目を交互に舐めると、やはり先に姉の方からチョロチョロと熱い流れをほとばしらせてきた。

口に受け、味と匂いを噛み締めていると反対側の肩にもポタポタと熱い雫が滴り、すぐにも一条の流れとなって注がれた。

文彦は夜見の割れ目にも顔を向けて流れを味わい、喉に流し込んだ。

ほとんど同じものを飲み食いしている姉妹は、淡い味も匂いも実に似ていた。

「ああ、変な気持ち……」

夜見が放尿しながら言い、弥巳の流れも長く続いた。

混じり合った味と匂いに酔いしれ、肌全体にも温かなシャワーを浴びているといよいよ彼も堪らなくなってきた。

やがて二人の流れがほぼ同時に治まると、彼は交互に濡れた割れ目を舐め、残り香の中で余りの雫をすすった。

「じゃ戻りましょう」

もう一度三人でシャワーを浴びると、夜見も我慢できなくなってきたように言った。

身体を拭き、また三人全裸で母屋を出ると座敷牢へと戻った。

激しく勃起している文彦が再び布団に仰向けになると、また姉妹が屈み込み、同時に亀頭にしゃぶり付いてミックス唾液に濡らしてくれた。

「ああ、気持ちいい……」

文彦はダブルフェラに喘ぎ、彼自身は最大限に屹立した。

充分に濡らすと二人が顔を離し、夜見が身を起こして跨がった。もう舐めてやらなくても、割れ目は大量の蜜が溢れているようだ。

夜見が先端に割れ目を押し付けて腰を沈め、ヌルヌルッと根元まで潜り込んでいった。それを見届けると、弥巳が添い寝してきたのだった。

3

「アアッ……、いいわ……」

股間を密着させた夜見が喘ぎ、身を重ねてきた。夜見を処女と思っていた弥巳は少し怪訝そうな顔をしたが、初回から感じることもあるだろうと考えたか、追及することはなかった。

文彦は夜見の温もりと感触を味わいながら抱き留め、横の弥巳の顔も引き寄せて唇を重ねた。

また熱い息を籠もらせながら三人で舌をからめ、二人分の悩ましい吐息で鼻腔を湿らせた。

「唾を出して」

舌を引っ込めて囁くと、二人も懸命に唾液を溜め、順々にグジューッと垂らしてくれた。彼は白っぽく小泡の多い唾液を受け止め、二人分をたっぷり味わって喉を潤した。

「顔中にも吐きかけてヌルヌルにして」

さらにせがむと、二人もためらいなく息を吸い込み、顔を迫らせると同時にペッと強く吐きかけてくれた。

「ああ……」

文彦は二人分の息の匂いと唾液のヌメリを顔中に受けて喘ぎ、思わずズンズンと股間を突き上げはじめた。

「アア……、奥まで響くわ……」

夜見が喘ぎ、合わせて腰を遣ってくれた。溢れる蜜で律動が滑らかになり、彼は温もりと締め付けでジワジワと絶頂を迫らせていった。

なおも二人の顔を引き寄せて鼻を擦りつけると、二人も舌を這わせて顔中を唾液でヌルヌルにしてくれた。まるで二人分の唾液でパックされたようで、彼は混じり合った匂いに高まって突き上げを強めた。

左右の鼻の穴から、弥巳のシナモン臭と夜見の果実臭を吸い込むと、中で悩ましく混じり合い、うっとりと胸に沁み込んでいった。

「い、いく……、気持ちいい……！」

とうとう文彦は絶頂に達し、溶けてしまいそうな快感に口走りながらドクンドクンとありったけの熱いザーメンをほとばしらせてしまった。

「あ、熱いわ……、ああーッ……！」

奥深い部分を直撃され、夜見も声を上げてガクガクとオルガスムスの痙攣を開始した。

「すごい、本当にいってる……」

弥巳が息を呑んで呟き、文彦は収縮する膣内で快感を嚙み締め、心置きなく最後の一滴まで出し尽くしてしまった。

出し尽くして深い満足に包まれると、彼は力尽きたように突き上げを止め、グッタリと身を投げ出していった。

「ああ……」

夜見も声を洩らして肌の強ばりを解き、力を抜いてもたれかかった。

まだ膣内が息づき、刺激された幹が内部でヒクヒクと過敏に震えた。

そして文彦は美少女の重みを受け止め、二人分の悩ましい吐息を胸いっぱいに嗅ぎながら、うっとりと快感の余韻に浸り込んでいったのだった。

これで三人とも満足し、やがて夜見が上から離れると、三人並んで添い寝し、荒い呼吸を整えた。

そして服を持って座敷牢を出ると、また母屋でシャワーを浴びた。

と、身繕いを終えると弥巳のスマホが鳴った。

「え？　目を覚ましそう？」

弥巳が出ると、どうやら日美子からのようで、文彦が意識を取り戻そうとしているようだ。

「すぐ行きましょう」

弥巳が言い、三人で屋敷を出て戸締まりをした。文彦も、済んだあとで本当に良かったと思ったのだった。

三人で軽自動車に乗り、だいぶ日の傾いた山道を降りて病院に着いた。

エレベーターで六階まで行き、病室に入ると日美子と由利子、そして大学の帰りに寄ったらしい祐美もいた。

しかし見ると、文彦の肉体は横たわったまま昏睡を続け、静かな寝息を立てているだけだった。

「ナースの報せでは、少し呻き声を上げて、しきりに寝返りを打とうとしていたようだったけど、今はまた静かになってしまったわ」

由利子が言う。

「これでは仕方ないわね。日も暮れるから、一度戻りましょうか」

日美子が言い、姉妹たちも頷いた。

「あの、僕はここに泊まって様子を見ていたいのだけど」

文彦は、病室を出ようとする皆に言った。

「それは助かるわ。もし目覚めたら夜中でも構わないので連絡して」

「ええ、私も夜勤だから何かあればすぐ来るので」

日美子が言うと、由利子も頷いた。

「じゃ、何事もなければ明日の朝、僕は自転車で帰りますので」

彼は言い、やがて一同は病室を出ていった。

すると皆が廊下に出たところで、夜見だけが引き返して、そっと昏睡している文彦に唇を重ねた。舌をからめ、唾液から何らかの情報を得ようとしているのだろう。

「ダメだわ。意識は微かにあるけど、混乱して映像も思いも読み取れない」

すぐに口を離し、夜見が文彦に言った。

「あまり探っていると、無意識の夢の中のようだから私までおかしくなりそう」

「そう、ありがとう」

彼が言うと、夜見も頷いて病室を出ていった。

母娘たち四人は、二台の車に分乗して帰っていったようだ。

一人残った文彦は、付き添い用の簡易ベッドをセットした。

すると、そこへ由利子が戻ってきた。

「夕食をすませておいた方がいいわ。レストランが閉まる前に。ここは私がいるから」

「分かりました。そうします」

彼は答え、いったん病室を出て一階へ戻った。

レストランでトンカツ定食を頼み、病院だからビールなどはないが、もちろん欲しくはない。

自分の肉体が目覚めようとしているのも気になるが、病院で一夜過ごすとなると、由利子との期待も胸に膨らんできた。

やがて食事を終えると、彼は六階に戻った。

残っていた由利子もすぐに立ち上がった。

もちろん昏睡している彼の肉体を弄んでいた様子もない。それは導尿用のカテーテルが外され、勃起したときだけだろう。

「じゃ消灯後にまた来るわ」

由利子も期待しているのか、ふんわりと甘い匂いをさせて出ていった。

文彦は、彼が目覚めたときのために用意されている歯ブラシを洗面所で使い、日の落ちた外の景色を見てから、小型テレビを点けてボリュームを絞り、ニュース番組を観て過ごした。

目覚めたら、幸彦の意識がどうなるのか気になるし、出来ればその瞬間には他の女性たちがいないとき、自分だけが立ち合いたかった。もし幸彦に記憶があり、昏睡中に全ての女性と関係を持ったことを咎められるかも知れないので、フォローする余裕が欲しかったのだ。

リュックに入っている亡母の位牌は、近々平坂家の仏間に置かせてもらうようにする。

何しろ平坂家で残ったのは、幸彦と文彦のみで、その母親なのである。それに文彦を連れて飛び出しただけで、離婚はしていないので問題はない。骨は、共同墓地に安置してあるが、いずれ落ち着いたら平坂家の菩提寺で弔うことも出来るだろう。

文彦のスマホは充電が切れているが、特に連絡を取り合う相手もいないので、構わずそのままにした。

やがてテレビを消し、あれこれ考えているうち九時の消灯時間になった。

天井の灯りが消されると、彼は窓のカーテンを閉め小さなスタンドを点けた。

すると、待ちかねたように由利子が入って来たのだ。

「どう？　様子は」

「全く変わりないですね。呻き声一つ無く」

「そう、夕方は何かの拍子で目覚めかけたようだけど、継続して様子を見るわ」

由利子は、少しだけ昏睡中の文彦の瞼をめくって診て、心電図その他のモニターを確認すると、簡易ベッドに近づいた。

「もうここへは朝までナースは来ないわ」

由利子が言い、甘い匂いを揺らめかせて白衣を脱ぎ去った。

この病室は六階の一番奥まった場所にあるから、ドアの窓の外をナースが通過して覗かれることもない。

文彦も手早く脱ぎはじめると、もう言葉など要らず、二人は黙々と全裸になっていった。激しく声を上げて、それで文彦が目覚めたりしたら、それはそれで具合が悪い。

それでも一応、由利子はベッドの前にあるカーテンを閉めて文彦の寝顔を隠すと、互いに簡易ベッドでもつれ合ったのだった。

4

「ああ、泊まってくれて嬉しいわ……」

全裸にメガネだけ掛けた由利子が、激しく文彦にしがみついて囁いた。

歯磨きの暇もなく忙しい美人女医は、白粉臭の吐息に夕食の名残か、ほのかなオニオン臭を混じらせてゾクゾクと彼の鼻腔を刺激してきた。

文彦は匂いに包まれながら乳首に吸い付き、舌で転がしながらもう片方を指で探った。

「ああ……」

由利子は、昏睡している文彦を慮《おもんぱか》って声を殺して熱く喘いだ。

彼はのしかかり、左右の乳首を順々に含んで舐め回し、腋の下にも鼻を埋め込んだ。

やはり一日中忙しく立ち働いていたから、そこは生ぬるくジットリと湿り、濃厚に甘ったるい汗の匂いが沁み付いていた。

文彦は美人女医の濃い体臭で胸を満たし、肌を舐め降りていった。

股間を避けて足指に鼻を押し付け、ムレムレになった匂いを嗅ぎまくり、爪先をしゃぶって指の股の汗と脂を貪った。

「く……」

由利子が口を押さえて呻き、彼は両足とも味わってから、股を開かせて脚の内側を舐め上げていった。白くムッチリした内腿に強く嚙みつきたい衝動に駆られながら舌を這わせ、蒸れた股間に迫った。

はみ出した陰唇は愛液の雫を宿し、黒々と艶のある茂みに鼻を埋め込むと、内腿がキュッときつく彼の両頰を挟み付けてきた。

噎せ返るように濃厚な汗とオシッコの匂いで鼻腔を満たし、舌を這わせると淡い酸味のヌメリが迎えた。

文彦は蒸れた匂いに酔いしれながらヌメリをすすり、膣口からクリトリスまでゆっくり舐め上げていった。

「アア……!」

由利子が口を押さえて喘ぎ、ヒクヒクと白い下腹を波打たせた。

自宅だと落ち着いて出来たが、逆に声を殺す今の状況にも激しく興奮を高めているようだ。

文彦は充分にクリトリスを愛撫し、両脚を浮かせて尻の谷間に迫った。

艶めかしい形の蕾に鼻を埋めて蒸れた匂いを貪り、舌を這わせて濡らすと、ヌルッと潜り込ませて滑らかな粘膜を味わった。

「あう……」

由利子が呻き、きつく肛門を締め付けてきた。

舌を蠢かせてから脚を下ろし、再び割れ目に顔を埋めて嗅ぎながらクリトリスに吸い付くと、

「ま、待って、今度は私が……」

すっかり高まった由利子が身を起こして言うので、彼も入れ替わりに仰向けになっていった。

すると由利子が移動して、貪るように勃起した先端を舐め回し、スッポリ含んで吸い付いてきた。熱い息を籠もらせて舌をからめ、お行儀悪くチュパチュパと音を立ててしゃぶった。

「ああ、気持ちいい……」

文彦も快感の中で声を抑えて喘ぎ、美女の口の中で唾液にまみれた幹をヒクヒ

ク震わせた。

そして充分に唾液に濡らすと由利子はスポンと口を離し、前進して股間に跨がってきたが、その時である。

「ウウ……」

ベッドから呻き声が聞こえてきた。由利子はハッと顔を上げるなり、医者らしく素早くベッドを降りると白衣を摑み、急いで羽織りながらカーテンの向こうへ行った。

文彦も驚いて起き上がり、全裸のままベッドを降りると、恐る恐るカーテンの端から様子を窺ってみた。

「文彦さん、聞こえる?」

由利子が全裸の上から着た白衣のボタンを嵌めながら、文彦の耳元で言った。

しかし少し呻いただけで、また寝顔は安らかなものに戻って規則正しい呼吸が繰り返されていた。

由利子は小さく嘆息すると身を起こし、またこちらへ戻ってきた。

「覚めないわね」

彼女は言ったが、興奮は覚めていないように再びボタンを外した。

「あ、白衣のままでお願いします」

文彦も再びベッドに仰向けになって言うと、すぐに由利子も跨がってきた。

割れ目を先端に押し付け、自ら指で陰唇を広げながら腰を沈めると、たちまちペニスがヌルヌルッと滑らかに呑み込まれていった。

「アア……、いい……！」

由利子が完全に股間を密着させて座り込み、顔を仰け反らせて喘いだ。

文彦も肉襞の摩擦と温もり、締め付けに包まれながら身を強ばらせた。

彼女が身を重ねて文彦の肩に手を回し、彼も下から両手でしがみつき、僅かに両膝を立てると、肌の前面同士が完全に押し付けられた。

唇を重ねながらズンズンと股間を突き上げはじめると、

「ンンッ……！」

由利子は熱く鼻を鳴らして舌をからめ、腰を動かして律動を合わせてきた。

そして彼が好むのを知っているので、ことさら大量にトロトロと口移しに唾液を注いでくれたのだ。

文彦は喉を潤してうっとりと酔いしれながら、突き上げを強めて急激に高まっていった。

「い、いきそう……！」

するとと由利子が口を離して喘ぎ、収縮と潤いを最高潮にさせた。

羽織って乱れた白衣から乳房がはみ出し、メガネを掛けて喘ぐ女医の姿が何とも興奮をそそった。

もう我慢できず、彼も激しく動きながら絶頂に達し、大きな快感の中でドクンドクンと勢いよく射精した。

「か、感じる……！」

噴出とともに由利子も口走り、オルガスムスに達してガクガクと狂おしい痙攣を繰り返した。

喘ぎ声は抑えているが、簡易ベッドが二人分の体重でギシギシと鳴り、それで目を覚まされるのではないかと少し心配になった。

文彦は快感の中、美人女医の濃厚な吐息を嗅ぎながら、心置きなく最後の一滴まで出し尽くしてしまった。

すっかり満足しながら力を抜いていくと、

「ああ……」

由利子も声を洩らし、硬直を解いてグッタリともたれかかってきた。

あとは熱い息を混じらせ、収縮する膣内でヒクヒクと幹が過敏に震えた。

そして文彦は重みと温もりの中、熱い息で鼻腔を刺激されながら、うっとりと快感の余韻に浸り込んでいったのだった。

由利子も重なったまま荒い呼吸を整え、ようやくそろそろと股間を離すと身を起こしていった。ティッシュで互いの股間を拭い、ベッドを降りると彼女は手早く身繕いをした。

シャワーは、一階にある当直の部屋で浴びるのだろう。

由利子は女医の姿に戻ると、再び昏睡している文彦の様子を見て、

「じゃまた朝に」

言って病室を出ていった。

文彦もベッドを降りてシャワーを浴び、身体を拭いて服を着た。

そしてベッドに横になり、今日も多くの体験して疲れたので、たちまち眠り込んでしまったのだった。

激しい空手の稽古や、バイクに乗っている夢を見た。

近くに肉体があるし、幸彦の記憶が流れ込んでいるのかも知れない。

と、山道のカーブをバイクで曲がろうとすると、そこへいきなり野良猫が飛び

出してきて前を横切った。

「あ……!」

思わず声を上げ、避けようとしたが間に合わずガードレールに激突。バイクはその場で大破し、体だけ崖下へと落下していった。

猫は無事に逃げたので、誰にも原因は分からず、単に操作ミスと思われたようだった。

(夢か……)

目を覚ますと、窓の外がすっかり明るくなっていた。

文彦は起きて昏睡中の自分を見てみると、やはり変わりはない。

午前六時過ぎだ。

短い間かと思ったが、しっかり睡眠を取ったらしい。

今日のところはいったん帰ろうと思い、彼は病室を出て一階に下りた。

まだレストランは開いていないので院内にあるコンビニでパンと牛乳を買い、簡単に朝食を済ませた。

そして由利子を探し、帰る旨を話して病院を出た。

駐車場に置きっぱなしになっている電動自転車に乗り、やがて彼は山道を走って屋敷に戻ったのだった。

5

「そう、やっぱり目は覚めなかったのね」

帰宅して報告すると、朝食を終えたところらしい日美子が答えた。三姉妹もリビングにいて、出かける仕度を調えていた。

「ええ、でも今夜も泊まり込もうと思います」

「やっぱり長く離れていても兄弟なのね」

日美子が言い、文彦と入れ替わりに車で病院へと出かけていった。

そして弥巳も、夜見を連れて軽自動車で大学へ行った。

夜見は学生ではないが、顔見知りが多いらしいので遊びに行くようだ。

祐美は、今日は休みのようである。

文彦は、婚約者に等しい美少女と二人きりで、激しく期待に興奮してきてしまった。硬い簡易ベッドでもぐっすり眠ったので疲れはなく、体力も淫力も満々であった。

そして祐美も、二人きりということで目をキラキラさせていた。

「ね、私のお部屋に来て」

言われて、文彦は一緒に二階に上がり、彼女の部屋に入った。

室内に籠もる彼女の体臭を感じると、たちまち彼はムクムクと勃起してしまった。

「じゃ、脱ごうね」

文彦が言って手早く脱いでいくと、祐美も羞じらいながら脱ぎはじめた。

先に全裸になった彼はベッドに横になり、枕に濃く沁み付いた美少女の匂いを貪った。

すぐに祐美も一糸まとわぬ姿になり、ベッドに上ってきた。

「ここに座って」

仰向けになった彼が下腹を指して言うと、祐美も恐る恐る跨がってしゃがみ込んだ。割れ目が下腹に密着し、ほのかに生ぬるい湿り気が伝わってきた。

「足を伸ばして顔に乗せてね」

「あん、いいのかしら……」

足首を摑んで引っ張ると、祐美は声を震わせて言いなりになった。

文彦が立てた両膝に寄りかかり、彼女はそろそろと両脚を伸ばし、足裏を顔に乗せてくれた。

彼は美少女の重みを感じ、人間椅子になったような心地で両の足裏を顔に受け止め、舌を這わせて指の股に鼻を押し付けた。

今日も蒸れた匂いが可愛らしく沁み付き、彼は爪先をしゃぶって指の股に舌を割り込ませ、汗と脂の湿り気を味わった。

「あう、くすぐったいわ……」

祐美が言い、彼の上で身をよじるたび割れ目が擦られ、生ぬるい潤いも感じられた。激しく急角度に勃起したペニスがトントンと彼女の腰をノックし、文彦は両足とも貪った。

やがて味と匂いを堪能すると、彼は祐美の両足首を摑んで顔の左右に置き、

「顔に跨がって」

手を引っ張って言うと祐美も前進し、彼の顔に跨がってくれた。

「ああ、恥ずかしい……」

祐美は脚をM字にさせると完全な和式トイレスタイルで声を震わせ、文彦は白くムッチリ張り詰めた内腿と割れ目の熱気を顔中に受けた。

はみ出した花びらも蜜に潤い、僅かに開いて光沢ある真珠色のクリトリスを覗かせていた。

そのまま腰を抱き寄せ、淡い若草の丘に鼻を埋めて嗅ぐと、今日も悩ましく甘ったるい汗の匂いと、ほのかに蒸れた残尿臭が鼻腔を刺激してきた。

うっとりと胸を満たしながら舌を挿し入れてヌメリを味わい、息づく膣口の襞をクチュクチュ掻き回してクリトリスまで舐め上げると、

「アアッ……!」

感じた祐美が声を上げ、思わずキュッと彼の顔に座り込んできた。

文彦は執拗にクリトリスを舐めては愛液をすすり、さらに白く丸い尻の真下に潜り込んでいった。

弾力ある双丘を顔中に受け止めながら、谷間の蕾に鼻を埋め込み、蒸れた匂いを貪ってから舌を這わせた。

「あう……」

ヌルッと潜り込ませて滑らかな粘膜を探ると祐美が呻き、キュッキュッと肛門で舌先を締め付けた。清らかな愛液も大洪水になり、ツツーッと滴って彼の鼻先を生ぬるく濡らしてきた。

再び割れ目に戻って潤いを舐め取り、クリトリスに吸い付くと、

「あん、もうダメ……」

感じすぎたように祐美が言い、ビクリと股間を引き離してしまった。

「じゃ今度は祐美ちゃんがお口で可愛がってね」

言うと彼女も素直に移動し、大股開きになった彼の股間に腹這い、屹立した先端にチロチロと舌を這わせてくれた。

尿道口から滲む粘液を舐め取り、張り詰めた亀頭をしゃぶると、小さな口を精いっぱい丸く開いて呑み込んでいった。

温かく濡れた口腔に深々と含まれ、彼女が熱い鼻息で恥毛をそよがせながら吸い付くと、上気した頬に笑窪が浮かんだ。

口の中ではクチュクチュと舌が滑らかに蠢き、たちまち彼自身は生温かな唾液にまみれて快感に震えた。

「ああ、気持ちいい……」

文彦は喘ぎ、ズンズンと股間を突き上げはじめると、

「ンン……」

祐美が呻き、合わせて顔を上下させスポスポとリズミカルに摩擦してくれた。

「じゃ、跨がって入れて」

充分に高まって言うと、祐美もチュパッと軽やかに口を離して身を起こし、前進して跨がってきた。先端に割れ目を押し付けて位置を定め、息を詰めてゆっくり腰を沈み込ませていくと、

「アアッ……！」

祐美が顔を仰け反らせて喘ぎ、ペニスはヌルヌルッと滑らかに根元まで嵌まり込んでいった。

文彦は股間に美少女の温もりと重みを受け、両手を伸ばして抱き寄せた。

彼女が身を重ねると両膝を立てて尻を支え、潜り込んで薄桃色の乳首を含んで舐め回した。

左右の乳首を味わい、顔中で張りのある膨らみを感じ、もちろん腋の下にも鼻を埋め込んで、甘ったるいミルクに似た汗の匂いを貪った。

そして首筋を舐め上げながら唇を重ね、舌を挿し入れて滑らかな歯並びを舐めると、すぐに祐美もチロチロと遊んでくれるように舌を蠢かせてきた。

生温かな唾液をすすって喉を潤しながら、小刻みにズンズンと股間を突き上げはじめると、

「あう……、いい気持ち……」

祐美が口を離して呻き、収縮を強めながら腰を遣った。

たちまち愛液で動きが滑らかになり、次第に彼も快感に任せて突き上げに勢いを付けていった。

美少女の口から吐き出される息は、今日も甘酸っぱく悩ましい果実臭を含み、うっとりと鼻腔を刺激してきた。

「いっぱい唾を垂らして」

せがむと、祐美は羞じらいながらも懸命に唾液を溜め、愛らしい唇をすぼめてトロトロと吐き出してくれた。彼は舌に受けて味わい、うっとりと喉を潤して酔いしれた。

律動に勢いがつくと、すぐにも絶頂が迫って我慢できなくなってきた。

「下の歯を、僕の鼻の下に引っかけて」

言うと祐美も、ためらいがちに口を開いて歯並びを当ててくれた。

「ああ、いい匂い……」

文彦は激しく股間を突き上げて高まりながら、美少女の口の中の熱気を胸いっぱいに嗅ぎながら喘いだ。

甘酸っぱい吐息に、下の歯の裏側に籠もる淡いプラーク臭と、唇で乾いた唾液の匂いも混じって鼻腔を掻き回し、とうとう彼は激しく昇り詰めてしまった。

「い、いく……！」

大きな絶頂の快感に口走りながら、ありったけの熱いザーメンをドクンドクンと勢いよくほとばしらせると、

「か、感じる……、アアーッ……！」

奥深くに噴出を受け止めた祐美も声を上げ、ガクガクと狂おしい痙攣を開始したのだった。あるいは、これが初めて本格的に膣感覚で得たオルガスムスかも知れない。

文彦は心ゆくまで快感を味わい、最後の一滴まで出し尽くしていった。

徐々に突き上げを弱めていくと、

「ああ……、すごい……」

祐美も肌の硬直を解きながら言い、力尽きたようにグッタリと体重を預けてもたれかかった。

互いの動きが止まっても、まだ息づくような収縮が繰り返され、刺激された幹が過敏にヒクヒクと中で跳ね上がった。

「も、もうダメ……」

熱く忙しげな息遣いを繰り返しながら、祐美も感じすぎるように言い、キュッときつく締め上げてきた。

文彦は美少女の重みと温もりを受け止め、甘酸っぱい吐息を嗅ぎながら、うっとりと快感の余韻に浸り込んでいったのだった。

第六章　自分自身の体で……

1

「じゃ私は今夜はこれで帰るけど、何かあったらナースを呼んでね」

由利子が文彦に言い、病室を出ていった。

文彦は院内のレストランで夕食を済ませたところで、外はもうすっかり日が暮れている。

今日は午後も祐美と戯れ、さすがに疲れて少し昼寝した。

日が傾く頃に弥巳と夜見、続いて日美子も帰宅してきたので、文彦は入れ替わりに自転車で病院に来ていたのだ。

日の前では、相変わらず文彦が昏睡している。

彼はまたテレビを観たりしながら時間を過ごし、やがて消灯になるとスタンドを点けて簡易ベッドの仕度をした。

すると、微かに文彦の肉体が身じろいだ気がしたので、彼は椅子に座って自分の寝顔を覗き込んだ。

「聞こえる？　まだ起きないのかな？」

囁いたが、やはり何の反応もなく、寝息も規則正しく続いているだけだ。

と、そのとき文彦は急な睡魔に襲われた。

（え……？）

違和感を覚えたが、どんどん意識が遠のいてゆき、いつしか彼はベッドの端にもたれかかり、そのまま気を失ってしまったのだった……。


――どれぐらい時間が経ったのだろう。

気づいて目を覚ますと、窓の外がうっすらと白みかけているではないか。

そして病院の天井が見え、鼻には栄養チューブが装着され、股間に感じるのは導尿カテーテルだろうか。

見ると、ベッドの端に突っ伏している男がいる。覗き込むと、どうやら幸彦のようだ。

（じ、自分の体に戻ったのか……）

文彦は状況を把握し、手足の指先を動かしてみたが、特に異状はなく痛い場所もなかった。

「ウ……、幸彦兄さん……」

かすれた声を出してみたが、鼻チューブで巧く喋れない。それでも腕を伸ばして、ベッドにもたれかかって眠っている彼の肩を揺すってみた。

すると、幸彦もぱっちりと目覚めたではないか。

「え……？　ここはどこだ。あんたは……？」

幸彦は顔を上げて言い、文彦を見て目を丸くしたので、自分と顔がそっくりなことに気づいたのだろう。

「ぼ、僕は、双子の弟の文彦……」

「ふ、文彦？　ああ、聞いたことがある。親父が死ぬ間際に言ったので、会いたいと思っていたんだ。なぜ寝ている。いや、俺はどうしてここに……」

幸彦は言い、完全に目覚めたように両手で顔を擦った。

「そう、バイクで猫を避けようとして事故ったんだ。それから何も覚えてない。でも怪我もなく生きていたようだな……」

してみると、起きていたここ数日のことが記憶にないようだ。確かに、その間の記憶は文彦が持っているのだ。

「兄さんは、事故のあとこのベッドで半月間昏睡していたんだ」

「なに」

言うと、思わず幸彦は壁のカレンダーに目を遣った。

「あれから半月も……？」

「でも、この数日間は起きて家にも帰ったけど」

「何も覚えていないぞ。何か長い夢でも見ていたようだが、あるいは夢遊病のように起きて歩き回っていたのか……」

「多分、そうだと思う」

数日間の記憶がないのを幸い、文彦は何とか巧く取り繕えるかも知れないと思った。

「夢の中なら、欲望が解放されて何か妙なことをしたかも知れないが……、お前はどうして入院している」

幸彦は、混乱しながらも文彦を心配してくれていた。

「兄さんとは別件の事故で、五浦の崖から落ちて入院していました」

「そうなのか……、それより敬語は止めろ。兄弟とはいえ同じ日に生まれて、数分しか違わないだろうからな、タメ口でいい」

「そ、それならナースコールを。チューブで話しづらいので」

「おお、分かった」

言うと幸彦はコールボタンを押してくれ、まだ夜明け前だが間もなくナースが来てくれた。

「まあ、気がついたのね！」

中年のナースが言って駆け寄り、彼の目を覗き込んだ。

「も、もう大丈夫なので、どうかチューブと点滴とカテーテルを抜いて下さい」

「し、白石先生に連絡しないと」

「まだ朝早くて気の毒なので出勤時間まで待ちます。シャワーも浴びたいので、どうか」

「確かに、意識もはっきりしているようね」

言うとナースは答えて顔のテープを剝がし、鼻チューブを引き抜いてくれた。

そして点滴も取り外し、股間のT字帯を解き放つと導尿カテーテルもヌルヌルッと引き抜いた。

「あう……」

射精に似た感覚に呻くと、ようやく文彦は自由になった。

「色白で手足が細いな」

幸彦が、文彦の肢体を見下ろして言う。

「ああ、母と貧乏暮らしだったから」

「そうか、苦労したんだな。俺ばかり楽して済まん。それでお母さんは？」

「リュックに位牌が入ってるので見て。それより話はあとで」

文彦は全裸になってベッドを降りると、幸彦が支えてくれた。

「大丈夫？　無理しないように。あとでまた来るから」

ナースは汚れ物を抱えて言い、病室を出ていった。文彦はバスルームに入り、歯磨きしながら髪と身体を洗い流した。半月も昏睡していた幸彦と違い、自分はほんの数日だから垢も溜まっていない。

さっぱりして身体を拭き、担ぎ込まれたときの服を着た。下着や靴下も洗濯されている。

見ると、幸彦はリュックから出した位牌に手を合わせていたが、すぐに顔を上げた。

「腹は減っていないか」

「うん、少し。一階にコンビニが入ってるので」

「買ってきてやる。何がいい。粥とかじゃなくていいのかな」

「カレーパンとハムサンドに無糖のアイスコーヒー」

「俺と好みが似てるな。待ってろ」

幸彦が言って病室を飛び出していった。やはり本来の自分の意識と肉体だから軽やかなようだ。

文彦は、彼が戻るまでに説明の内容をまとめておいた。

間もなく幸彦が戻り、自分の分も買ってきたようだ。

文彦はベッドの背もたれを立て、座って寄りかかり、彼は椅子に座って一緒にかなり早めの昼食を取った。

「平坂の家のことは知ってるのか」

幸彦がサンドイッチを頬張りながら訊いてくる。文彦も、久々の食事を旨いと感じながらアイスコーヒーで流し込んだ。

「うん、日美子さんと三姉妹のことも知ってる。僕はずっと昏睡じゃなかったので、皆本の一家が見舞いに来てくれていろいろ聞いたので」

文彦はそう答えておいた。

日美子や三姉妹も、文彦が今日こうして幸彦から聞いたと思うだろうし、何もかも知っていても不審には思われないだろう。

「そうか。ならば話は早いな。退院したら一緒に住もう。あの家は部屋数だけは多いからな。大学は？」

「浪人中なので、来年受けるか、それとも病院の事務を手伝うか考えたい」

「ああ、俺より頭は良さそうだ。良い方法を考えよう」

彼が言うと、ちょうど日が昇りはじめた。

文彦はさらに、平坂家を訪ねる途中で崖から転落したことなどを順々に兄に話した。

「何だ、お前いじめられっ子だったのか。そんな奴ら俺がブチのめしてやる」

「犯人の二人とも、もう拘留されて間もなく裁判なんだ。僕がこうして目覚めたので傷害罪だろうけど」

「ああ、崖から落ちて良く無傷で済んだもんだ。俺もそうだけど」

幸彦は言い、あらためて自分の記憶の無い数日間が気になるようだった。

「無意識に、祐美を抱いてしまったかも知れないな……」

彼が、独りごちるように呟く。

「え……？」

「いや、何でもない。三人姉妹を知ってるなら、誰が一番好みだ？」

幸彦が訊いてくるので、祐美とは答えられない。

「末っ子かな……」

「ああ、夜見は三人で一番頭がいいからな、お前と合うかも知れん。少し俺のことも好きだったようだが、本来はがさつな俺より繊細なお前の方が好みだろう」

幸彦は正直に言い、実際彼は祐美が最も好きなようだった。

2

「まあ！　気がついたのね。良かったわ……！」

まだ早いうちに由利子が飛び込んできて言い、双子の顔を見比べた。

通常の出勤時間よりだいぶ早いので、どうやらナースが連絡したのだろう。

文彦は、自分の目であらためてメガネ美人の女医を見て股間を疼かせた。

由利子は、昏睡している文彦にも跨がってセックスしたので、この肉体はすでに童貞ではないが、記憶にないので自分はまだ無垢と同じだろう。

「もう服を着ちゃったのね」

由利子は言い、ライトを点けて彼の目を覗き込み、シャツを開かせて胸に聴診器を当てた。

微かに感じる由利子の温もりと甘い匂いも、自分の鼻で嗅ぐと実に新鮮に感じられた。

「どこも異常はないようだわ。それにしても顔がそっくり。昏睡から覚めるまで幸彦さんみたいに半月もかからなくて良かった」

由利子は言い、テーブルに置かれた缶コーヒーと、クズ籠に捨てられているパンの袋に目を遣った。

「病み上がりでパンなんか食べさせたの？」

由利子が咎めるように幸彦に言う。

「あ、ああ、全く普通の感じだったし、腹も減ってるって言うから……」

幸彦が困ったように言う。

もちろん亡父の経営する病院だから、幸彦は主任格の由利子とも顔見知りだ。

「僕が兄貴に買ってきてくれって言ったんです」

「まあ、初対面って聞いていたけど、やっぱり双子は打ち解けるのも早いのね」

由利子が二人の顔を見比べて言うと、幸彦が恐る恐る口を開いた。

「それより先生、俺はバイク事故から何も覚えていないんだけど、入院も退院もその後のことも……」

「ええッ？　またそんな面倒な……」

彼の言葉に、由利子が呆れたように言った。

「あるいは俺は夢遊病みたいに、勝手に喋ったり動いたりしていたのかも知れないんで……」

「そ、そういえば、覚めてからのこの数日間は、何だか今までの幸彦さんとは別人みたいな感じだったけど……」

由利子も、何度かのセックスを思い出したように言う。彼女も、幸彦は密かに祐美だけを思っていることを聞いていたのだろう。

「俺、何か変なこと言ったりしたりしてないですか」

幸彦が、気になるように訊いた。

「う、ううん、ごく普通に家に帰って、しばらく療養していたようだわ。大事を取って、まだ大学へも戻っていないようだし」

「そうですか、それならいいけど……」

「そのうち思い出すでしょう。これからは、何かと弟さんの面倒を見てあげて」

「ええ、分かってます」

幸彦は頷き、診察を終えた文彦もボタンを嵌めてスニーカーを履いた。

「僕は、もう退院していいですよね？」

「その様子なら大丈夫のようだけど、どうか無理せず安静に、何かあったらすぐ来るようにね」

「分かりました」

文彦は答え、いずれまた由利子とも肌を重ねたいと思った。

彼女だって、多少なりとも好みだったから、昏睡中の幸彦のみならず文彦にも跨がって射精させてくれたに違いない。

ただ、もう祐美とはセックス出来ないだろう。再会した兄との平和な生活を送るために。しかしあの家には他に何人もいるのだ。それらを、文彦は自分の肉体で味わいたかった。

「よし、じゃ帰ろう」

「待って、間もなく日美子さんが車で来てくれるから」

腰を浮かせた幸彦に、由利子が言った。すでに彼女は、日美子にも連絡していたようだ。

幸彦も座り直し、両腕を屈伸させた。

「明日からでも大学に戻って、空手部にも復帰するかな」

「それもいいけど、とにかく無理しないようにね。脳っていうのはまだまだ分からないことが多いのだから」

「ええ、かえって先輩たちも手加減してくれるかも」

幸彦は笑って言い、本来は豪快でさっぱりした性格らしく、数日間の記憶が無いことも、さして気にならなくなっているようだった。

間もなく日美子が入ってきて、誰もがするように兄弟の顔を見比べ、恐る恐る文彦に言った。

「文彦さんね?」

「ええ、ご心配かけました、日美子さん」

彼が答えると、日美子も安心したように溜息をつき、甘い匂いを漂わせた。

「ああ、良かった。頭もはっきりしているようだわ」

「俺より優秀そうだしね」

幸彦も笑って言い、和やかな雰囲気の中、弥巳と祐美も入ってきたのだ。報せを受け、二人も軽自動車で来たのだろう。夜見は留守番らしい。

「おお、弥巳と祐美、何だか久しぶりだな」

「まあ、いつものお兄様に戻ったようだわ。ここのところ何となく違っていたけれど……」

幸彦が言うと、祐美が目を丸くして言った。

「まあ、祐美のキスで目覚めたのだから、少し変だったのかもね」

「え、そうなのか……」

弥巳の言葉に、慌てたように幸彦は顔を赤くした。

そして弥巳と祐美も、あらためて文彦を見つめた。

「初めまして、文彦兄さん」

「ええ、初めまして。皆さんにはお世話かけました」

文彦は弥巳に答え、祐美にも熱い視線を送った。

「じゃ帰りましょうか」

日美子が言い、一同は立ち上がって病室を出た。

そして一階に下りて病院を出ると、弥巳と祐美はこのまま大学へ行くらしく、文彦と幸彦は日美子の車に乗った。また電動自転車は、置きっぱなしにするしかない。

やがて帰宅すると、文彦は亡母の位牌を仏間に置かせてもらい、幸彦はスマホをいじって溜まっているメールの返信などしていた。

すると夜見が降りてきて、熱い眼差しで文彦を見た。

「お帰りなさい。文彦さん」

「ああ、ただいま」

夜見だけは、彼の心が今まで幸彦の肉体を操っていたことを知っているので、その神秘の眼差しは意味ありげだった。

やがて日美子と幸彦、夜見も仏間に来て位牌に線香を上げてくれた。

「次の祥月命日にでも、遺骨を共同墓地から菩提寺へ移したいのですが」

「ええ、もちろん。これからは何でも、文彦さんと幸彦さんの二人で相談して決めていいわ」

文彦が言うと日美子が答え、幸彦も頷いていた。

「文彦さんのお部屋はどこがいいかしら」

「ああ、奥の六畳が空いてるから、そこがいいよ」

日美子が言うと、幸彦が答えた。

案内されて行くと、玄関脇の幸彦の部屋よりもっと奥で、離れに通じる渡り廊下の脇だった。とにかく間数が多く、文彦の部屋は庭も見え、和室なので落ち着けそうである。

文彦も、その部屋にリュックを置いた。たまに客間に使っていたようで、押し入れには布団が入っているし、座卓や座布団に座椅子もある。

あとは箪笥やテレビもないが、おいおい揃えられるだろうし、今までの狭いアパート暮らしからすれば何の不自由もなさそうである。

文彦は室内を見回してから、皆でリビングに戻った。

「明日、仲間たちが快気祝いをしてくれるって言うんで、午後出ることにする。弥巳たち三人も連れて行きたいんだけど」

早速返信があったように幸彦が言う。みな地元の大学仲間なので、三姉妹もよく知っている連中らしい。

すると日美子が承諾し、三人も嬉しげに頷いた。

「文彦も連れて行きたいんだが、皆に紹介したいし」

「まだ無理よ。先生から安静にって言われているでしょう」

日美子が窘め、幸彦も納得したようだ。

やがて幸彦は、近所の友人の家へと出向き、日美子もいったん病院の仕事に戻るようで、屋敷には文彦と夜見が残ったのだった。

3

「ね、離れへ行ってみたいんだけど」

「いいわ」

文彦が期待に勃起しながら言うと、夜見もすぐ頷いてくれた。

一緒に母屋を出て渡り廊下を進み、離れへと行くと、文彦は初めて自分の目で妖しい座敷牢を見た。

中に入ると、まだ甘ったるい匂いが濃く立ち籠め、床も敷き延べられたままになっていた。たちまち淫気が伝わり合ったように言葉も要らず、二人は同時に脱ぎはじめていった。

きっと夜見も、初めて接する文彦の肉体に興味があるのだろう。

「触っていい?」

互いに全裸になり、文彦が布団に横たわると夜見が言った。

そして彼の頬に触れ、胸から腹を撫で、ピンピンに屹立したペニスに熱い視線を注いだ。

「顔とここは同じ。でも色白で筋肉もなく、どちらかというと私はあなたの方が好き」

夜見は、幸彦と同じようなことを言った。

「幸彦兄さんとしたときは、私は処女だった。でも今は、私があなたの童貞をもらえるのね」

夜見が言い、まじまじと彼の肢体を見回した。

本当は、この肉体の童貞は由利子に奪われているのだが、何しろ昏睡の最中で記憶にないので、文彦にとっては今が本当の初体験だ。

「いいわ、好きにして……」

やがて夜見が長い髪を翻して言い、仰向けになって身を投げ出した。

文彦ものしかかって顔を寄せ、ピッタリと唇を重ねていった。

自身の肉体での、本当のファーストキスである。

美少女の柔らかな唇が密着し、ほのかな唾液の湿り気が伝わり、熱い息が彼の鼻腔を心地よく湿らせた。

舌を挿し入れ、滑らかで綺麗な歯並びを舐め回すと、夜見も歯を開いて受け入れ、チロチロと舌をからめてくれた。

（なんて美味しい……）

文彦は美少女の唾液に濡れた舌の感触を貪って思い、夢中で舐めながら彼女の乳房に触れていった。

「ああッ……」

夜見が口を離して喘ぐと、熱い息が口から洩れた。嗅ぐと、それは甘酸っぱい果実臭で、ゾクゾクと甘美な悦びが胸に沁み込んできた。

そしてピンクの乳首にチュッと吸い付いて舌で転がし、もう片方も含んで舐めながら、張りのある膨らみを顔中で味わった。

充分に舌を這い回らせて左右の乳首を堪能してから、彼は夜見の腕を差し上げて腋の下にも鼻を埋めて嗅ぐと、生ぬるい湿り気とともに、甘ったるい汗の匂いが鼻腔を掻き回した。

うっとり酔いしれてから白く滑らかな肌を舐め降り、臍を探って下腹の弾力を味わい、例によって腰から脚を舐め降りていった。

スベスベの脚を舌でたどり、足裏も舐め、指の間に鼻を押し付けると蒸れた匂いが鼻腔を悩ましく刺激した。彼は嗅いでから爪先をしゃぶり、両足とも全ての指の股に沁み付いた汗と脂の湿り気を貪り尽くした。

「アア……、いい気持ち……」

夜見もうっとりと喘ぎ、投げ出した体をヒクヒクと震わせた。

やがて大股開きにさせて脚の内側を舐め上げ、白くムッチリした内腿をたどって股間に顔を迫らせた。

割れ目は、すでに清らかな蜜にヌラヌラと潤っている。

しかし先に彼は、夜見の両脚を浮かせて尻の谷間に顔を押し付けていった。

顔中を双丘に密着させて薄桃色の蕾に鼻を埋めて嗅ぐと、蒸れた匂いが鼻腔に沁み込んできた。舌を這わせて細かな襞を濡らし、ヌルッと潜り込ませて滑らかな粘膜を味わうと、

「あう……」

夜見が呻き、キュッときつく肛門で舌先を締め付けてきた。

文彦は舌を蠢かせ、ようやく彼女の脚を下ろして割れ目に迫っていった。

指でそっと陰唇を広げ、自分の目で美少女の柔肉を見つめた。楚々とした恥毛の丘に息づく膣口、光沢あるクリトリスも実に艶めかしかった。

吸い寄せられるように顔を埋め込み、柔らかな若草に鼻を擦りつけて嗅ぐと、隅々に籠もった甘ったるい汗の匂いとオシッコの刺激が悩ましく鼻腔を掻き回してきた。

(なんて、いい匂い……)

文彦は感激と興奮に包まれながら思い、胸を満たして舌を挿し入れていった。

熱いヌメリは淡い酸味を含んで舌の動きを滑らかにさせ、彼は息づく膣口の襞をクチュクチュ掻き回し、味わいながらクリトリスまで舐め上げた。

「アアッ……！」

夜見がビクッと顔を仰け反らせて喘ぎ、内腿でムッチリときつく彼の両頬を挟み付けてきた。文彦は腰を抱え込み、執拗に舌を這わせてクリトリスを舐め、味と匂いを心ゆくまで堪能した。

「も、もうダメ……」

すっかり高まった夜見が言い、むずがるように腰をくねらせた。

ようやく文彦は股間から顔を上げて移動し、今度は愛撫を待つように仰向けになっていった。

夜見も心得たように、息を弾ませながら身を起こし、彼の股間に陣取った。

すると彼女は、自分がされたように文彦の両脚を浮かせ、尻の谷間から舐めはじめてくれたのだ。

「あう……」

ヌルッと舌が潜り込むと、彼は妖しい快感に呻き、味わうようにモグモグと美少女の舌先を締め付けた。やはり自分の肉体で得る快感は格別である。

股間に熱い息を受け、彼は申し訳ない快感に自分から脚を下ろすと、夜見も舌を引き離して陰嚢にしゃぶり付き、睾丸を転がしてから肉棒の裏側を舐め上げてきた。

滑らかな舌が先端まで来ると、彼女は幹を支え、粘液の滲む尿道口をチロチロと舐め回した。

「ああ、気持ちいい……」

文彦は、夢のような快感に喘ぎ、懸命に暴発を堪えた。夜見は充分に亀頭を舐めてから、丸く開いた口でスッポリと喉の奥まで呑み込んできた。

股間を長い黒髪が覆い、内部に熱い息が籠もった。

夜見は念入りに舌をからめ、幹を締め付けて吸い、顔を上下させてスポスポと強烈な摩擦を繰り返してくれた。

「い、いきそう、入れたい……」

絶頂を迫らせた彼が身悶えて言うと、夜見もチュパッと口を離して顔を上げ、股間から訊いてきた。

「初めてなのに、私が上でいいの？」

「うん、跨いで……」

言うと彼女も前進し、ペニスに跨がり割れ目を押し付けてきた。そして息を詰め、ゆっくり腰を沈み込ませていくと、彼自身はヌルヌルッと肉襞の摩擦を受けながら、滑らかに根元まで呑み込まれていった。

「アアッ……！」

夜見はぺたりと座り込み、股間を密着させて喘いだ。

文彦も締め付けと温もりに包まれながら両手を伸ばし、彼女を抱き寄せた。

身を重ねた夜見に両手を回し、両膝を立てて尻を支え、待ち切れないようにズンズンと股間を突き上げはじめると、

「ああ……、すぐいきそう……」

夜見も腰を遣って喘ぎ、大量の愛液で動きを滑らかにさせた。

「唾を垂らして……」

高まりながら言うと、夜見も近々と顔を寄せてトロリと唾液を吐きだしてくれた。文彦は舌に受けて味わい、うっとりと喉を潤した。

さらに彼女の喘ぐ口に鼻を押し込み、濃厚に甘酸っぱい吐息で胸を満たしながら、とうとう肉襞の摩擦の中で昇り詰めてしまった。

「い、いく……！」

快感に口走るなり、熱い大量のザーメンをドクンドクンと勢いよくほとばしらせた。この肉体での射精を感じるのは、何日ぶりだろうか。

「あ、熱いわ、いく……、アアーッ……！」

すると、噴出を感じた夜見も声を上げ、ガクガクと狂おしいオルガスムスの痙攣を開始したのだった。収縮と締め付けが強まり、彼は駄目押しの快感の中で、心置きなく最後の一滴まで出し尽くしていった。

「ああ……」

すっかり満足しながら声を洩らし、徐々に突き上げを弱めていった。

夜見も肌の強ばりを解いて力を抜き、グッタリともたれかかって荒い呼吸を繰り返していた。

膣内の収縮は続き、彼自身はヒクヒクと過敏に跳ね上がった。

そして文彦は、妖しい美少女の吐き出す濃い果実臭の息を嗅ぎながら、うっとりと快感の余韻に浸り込んでいったのだった……。

4

「じゃ、あまり遅くならないようにね」

翌日の昼過ぎ、出かけていく皆に日美子が言った。

「うん、夕食終えたら帰る」

幸彦が明るく答え、三姉妹とともに軽自動車に乗って出かけていった。

知り合いの店を貸しきりで、昼間から夕食まで、仲間たちが幸彦の快気祝いをしてくれるらしい。

もちろん地元なので、三姉妹もよく知っている連中のようだ。

今日は日美子も休みで病院には行かず、文彦と二人きりになった。

昨日文彦は、昼間は自分の肉体で夜見と快楽を分かち合ったが、夕方皆が順々に帰宅すると夕食を囲み、自室に引き上げてからは何事もなく、彼は初めての和室で眠ったのである。

幸彦は、事故までの過去の記憶は完全に取り戻したが、この数日間は覚えていない。女性たちの全員と、幸彦の肉体は文彦に操られてセックスの限りを尽くしたが、何しろ本人が覚えていないので、それぞれの彼女たちも複雑な思いであっただろう。

そして今日、文彦は憧れの美熟女と夜まで二人きりになった。

日美子も、今までや今後のことなど文彦と積もる話をしたいようだ。

コーヒーを淹《い》れてもらい、リビングのソファに向かい合わせに座った。

文彦も、幼い頃からの思い出、母と暮らしたこと、大学を二年も浪人していること、そして崖から転落するまでのことを順々に話した。

「そう、苦労したわね……」

日美子が同情の眼差しで言う。しかし彼は、痛いほど股間が突っ張って仕方がなかった。

「実は僕、崖から落ちて気がつくと、病室で目を覚ましたんです」

文彦は、思い切って打ち明けはじめた。

「え？　目を覚ましたのは、昨日のことでしょう？」

日美子が、怪訝そうに小首を傾げて訊く。

「いえ、もう何日も前です。気がつくと、僕は兄の肉体で目覚めていました」

「ど、どういうこと……？」

日美子が、頭の中を整理しながら言った。

「つまり僕の心は、兄の肉体に宿ったんです。だからすぐ由利子先生に言って、崖から落ちた僕を探したんです」

「まあ……、確かに白石先生も、半月も昏睡していたのに、なぜ前日の事故の場所が分かったのか不思議がっていたけど、双子だから心が通じているんだろうって自分を納得させていたわ……」

「そう、僕が兄の体を操っていました」

「と、いうことは……」

「ええ、兄の体を借りて行動していました。だから、兄はこの数日間の記憶が無いんです」

「じゃ、私は……」

日美子は、思わず両手で爆乳を抱えて言いよどんだ。

「そう、相手は僕です」

「まあ……」

彼女が美しい顔を青ざめさせ、まじまじと文彦を見つめた。

「確かに、目を覚ましてからの幸彦さんは普段と違っていた。自分のことを俺じゃなく僕と言っていたし、あの子たちも何か変だと思っていたみたい」

「はい、どうか兄は目覚めたものの意識が朦朧とし、この数日間は夢遊病のように行動していたということにしてください」

「それで昨日、あなたの肉体が目覚めて、やっとそれぞれの心が正しい体に戻ったのね……？」

「そうです」

「このことは、他の人は……？」

「誰にも言ってません。由利子先生にも。ただ、夜見さんだけは不思議な力で察したようですが」

「そう、あの子は不思議な力を持っているから……」

日美子は嘆息して言い、ほんのり生ぬるく甘ったるい匂いが漂った。

「どうして、そのことを私に話したの？」

「自分の肉体で、日美子さんと初体験したいからです」

訊かれて、文彦は正直に答えた。

以前の自分なら、こんな大胆なことは言えないだろうが、この数日の不思議な体験ですっかり図々しくなっているようだった。

そしてすでに、無意識とはいえ由利子に童貞を奪われているし、昨日は自分の身体と心で夜見としてしまったが、やはり無垢を装った方が日美子の興奮が増すような気がしたのだった。

「まあ……」

「どうか、お願いします」

驚く日美子に頭を下げ、文彦は懇願した。

日美子のためらいも、長くは続かなかったようだ。

何しろ何度となく幸彦の肉体で快楽を貪り合っているし、彼女の欲求が溜まっていることも文彦は知っているのだ。

まして今日は夜まで二人きりなのである。

「何でも言うことをききますので、僕に教えて下さい」

さらに言うと、ようやく日美子も腰を上げた。

「来て……」

言われて従うと、彼女は文彦を自分の寝室に招き入れた。

室内に籠もる甘ったるい匂いを、彼は自分の鼻で嗅ぎ、激しく興奮を高めていった。

「誰にも内緒よ」

「はい、何しろ秘密がいっぱいありますので」

答えると、彼女も意を決してブラウスのボタンを外しはじめた。文彦も手早く全裸になってゆき、先にベッドに横になり、熟れて沁み付いた大人の女性の体臭に包まれた。

脱ぎはじめると、もう日美子もためらいなく最後の一枚まで脱ぎ去り、白く豊満な熟れ肌を息づかせてベッドに上ってきた。

「色が白いわ。こんなに手足も細くて……」

日美子が彼を見下ろし、胸や腕に触れて言った。

「逞しい兄の方が好きですか?」

「ううん、顔とここだけは同じ……」

彼女は、夜見と同じようなことを言い、やんわりと強ばりを、ほのかに汗ばんで柔らかな手のひらに包み込んだ。

「ああ、気持ちいい……」

「硬いわ……」

文彦が喘ぐと、日美子は言いながら顔を寄せ、チロチロと尿道口に舌を這わせてきた。そして張り詰めた亀頭をしゃぶり、指先で陰嚢をサワサワと弄びながらスッポリと含んでくれた。

温かく濡れた美熟女の口腔に根元まで納まり、彼自身は舌に翻弄されながらヒクヒクと震えた。

「ンン……」

日美子は深々と含んで熱く呻き、強く吸い付きながら股間に息を籠もらせた。

「い、いきそう、今度は僕が……」

唾液にまみれた幹を跳ね上げながら言うと、彼女もスポンと口を離してくれ、添い寝してきた。文彦はのしかかり、白く豊かな膨らみに顔中を埋め込んで感触を味わい、甘ったるい体臭を感じながら乳首を含んで舐め回した。

「アア……、いい気持ち……」

日美子が熟れ肌を波打たせて喘ぎ、彼は両の乳首を交互に味わった。

そして腋の下にも鼻を埋め込み、色っぽい腋毛に鼻を擦りつけ、濃厚に甘ったるい汗の匂いに噎せ返った。

充分に胸を満たしてから白い肌を舐め降り、豊満な腰のラインから脚を舐め降りていった。行動パターンが前と同じなので、彼女も期待を込めて身を投げ出していた。

文彦は日美子の足裏を舐め、形良く揃った足指の間にも鼻を割り込ませて嗅いだ。汗と脂にジットリ湿ったそこは、ムレムレの匂いが濃く沁み付き、悩ましく鼻腔を刺激してきた。

爪先にしゃぶり付いて全ての指の股を舐め、両足とも味と匂いを貪り尽くすと文彦は日美子をうつ伏せにさせ、踵からアキレス腱、ヒカガミから太腿を舐め上げた。

そして豊満な尻に迫ると谷間を広げ、ピンクの蕾に鼻を埋め込み、顔中で双丘の弾力を味わいながら嗅いだ。蒸れた匂いを貪り、舌を這わせてヌルッと潜り込ませると、

「あう……！」

日美子が顔を伏せたまま呻き、キュッと肛門で舌先を締め付けた。

彼は微妙に甘苦い粘膜を舐め回し、やがて顔を上げると日美子を再び仰向けにさせ、股間に顔を進めていった。

指で陰唇を広げると、かつて三姉妹を産んだ膣口が濡れて息づき、大きめのクリトリスが真珠のように光沢を放っていた。

もう堪らず、文彦は顔を埋め込んで鼻を擦りつけ、茂みに籠もって蒸れた汗とオシッコの匂いで胸を満たし、舌を挿し入れていった。

5

「アア……、いいわ……！」

膣口を探ってクリトリスまで舐め上げると、日美子が身を仰け反らせて喘ぎ、量感ある内腿できつく文彦の顔を挟み付けてきた。

彼は匂いに酔いしれながら大量の愛液をすすり、執拗にクリトリスを舐め回した。股間から目を上げると、白い下腹がヒクヒク息づき、爆乳の谷間から艶めかしく喘ぐ顔が見えた。

「お、お願いよ、入れて……！」

日美子が声を上ずらせてせがんできた。

どうせ夜までまだ時間もあり、ここで一度射精しても、すぐ回復するだろう。

それに文彦も待ちきれなくなっていたので、すぐ身を起こして股間を進めた。

濡れた割れ目に先端を擦り付けて潤いを与えると、息を詰めてゆっくり膣口に挿入していった。

たちまち張り詰めた亀頭が潜り込み、あとは吸い込まれるようにヌルヌルッと滑らかに根元まで嵌まり込んだ。

「あう……！」

股間を密着させると日美子が呻き、童貞と思っている若いペニスを味わうようにキュッキュッときつく締め付けてきた。

文彦も股間を密着させ、温もりと感触を味わいながら身を重ねていくと、胸の下で爆乳が押し潰れて心地よく弾んだ。

彼女も両手を回し、激しくしがみついてきた。

文彦は上からピッタリと唇を重ね、舌を這わせながら徐々に腰を突き動かしはじめていった。

「ああッ……、もっと強く……！」

日美子が唇を離して喘ぎ、下からもズンズンと股間を突き上げてきた。

美熟女の口から熱く吐き出される息は悩ましい湿り気を含み、白粉臭の刺激が鼻腔を掻き回してきた。

文彦は酔いしれながら胸を満たし、いつしか股間をぶつけるように激しい律動を繰り返した。膣内の収縮と締め付けも活発になり、このまま全身が吸い込まれそうだった。

「い、いく……！　気持ちいい……」

たちまち文彦は昇り詰めて口走った。

幸彦の肉体では多くの女性を体験したが、やはり自分の体で美熟女を攻略すると、ひとたまりもなく果ててしまったのだった。

ありったけの熱いザーメンをドクンドクンと柔肉の奥に勢いよくほとばしらせると、

「い、いいわ……、アアーッ……！」

噴出を感じると同時に、オルガスムスのスイッチが入ったように日美子も声を上げ、ガクガクと狂おしく腰を跳ね上げた。

文彦自身は膣内の蠢動とヌメリで揉みくちゃにされながら、心ゆくまで快感を噛み締め、最後の一滴まで出し尽くしてしまった。

やがて彼は満足しながら徐々に動きを弱め、豊満な熟れ肌に遠慮なくもたれかかっていくと、

「ああ……」

日美子も声を洩らし、グッタリと力を抜いて身を投げ出していった。

膣内は名残惜しげな締め付けが繰り返され、なおも彼自身を奥へ奥へと吸い込もうとしているようで、彼はヒクヒクと過敏に幹を震わせた。

そして熱く濃厚に甘い吐息を間近に嗅ぎながら、うっとりと余韻を味わったのだった。

「すごいわ。今のが一番良かった……」

日美子が声を震わせて言った。やはり筋肉質の肉体でなくても、要は肌の相性なのだろう。

もう幸彦は祐美一筋だろうし、今までと同じく祐美以外に求められても応じないに違いない。ならば祐美以外を満足させるのは、自分の役割なのだろうと文彦は思ったのだった。

「お風呂場へ行きましょう……」

下から日美子が言い、ようやく呼吸を整えた彼も身を起こし、股間を引き離していった。そして二人でベッドを降りると、全裸のまま寝室を出てバスルームへと移動した。

シャワーの湯を出し、互いの股間を洗い流すと、すぐにも彼自身はムクムクと雄々しく回復していった。何しろ湯を弾くように脂の乗った美熟女の肌が艶めかしいのだ。

「ね、こうして」

文彦は洗い場の床に座って言い、目の前に日美子を立たせた。そして片方の足を浮かせてバスタブのふちに乗せさせると、開いた股間に顔を迫らせた。

「オシッコ出して」

割れ目に顔を埋めながら言うと、

「ああ、やっぱり私が相手をしたのは、あなただったのね……」

日美子が、幸彦との体験を思い出し、その性癖にようやく文彦だったのだと実感したようだった。まず、幸彦なら求めないようなことを文彦が言うので確信したらしい。

舌を這わせると新たな愛液が溢れ、彼女も懸命に尿意を高めてくれた。

やがて割れ目内部の柔肉が迫り出すように盛り上がると、温もりと味わいが変化し、

「あう、出るわ……」

日美子が息を詰めて言うなり、チョロチョロと熱い流れがほとばしってきた。

文彦は舌に受けて味わい、喉を潤してうっとりと酔いしれた。

勢いが増すと口から溢れた分が温かく体を伝い流れ、すっかり回復しているペニスが心地よく浸された。

「アア……、信じられない、こんなこと……」

日美子がガクガクと膝を震わせながら言い、やがて勢いが衰え、間もなく流れは治まってしまった。

文彦は残り香の中で余りの雫をすすり、執拗に割れ目を舐め回した。

「もうダメ……」

彼女が言って足を下ろし、やんわりと文彦の顔を股間から突き放して椅子に腰を下ろした。二人はもう一度シャワーで全身を洗い流し、やがて身体を拭いて寝室へと戻っていった。

「さあ、これからのことをゆっくり考えましょうね」

日美子が言い、服を着ようとしたが、文彦は今後のことより、二回目はどんなふうに快楽を得ようかと考えていた。

「待って、もう一回したいので」

「まあ……、もうこんなに……」

今さらながら彼の回復を見た日美子は、驚いたように言いつつ目をキラキラさせた。

「続けて出来るの……？」

「ええ、だってまだ夜までには時間もあるし」

文彦は言いながら彼女をベッドに誘い、添い寝していった。

そして甘えるように腕枕してもらうと、日美子も優しく彼の顔を胸に抱いてくれた。

「三人の娘で、誰が一番好み？」

彼女が、文彦の髪を優しく撫でながら訊いてくる。

亡父の遺言ということで、あるいは文彦にも三姉妹の一人をくれるつもりかも知れない。

先に幸彦が祐美と結婚したら、残りの娘と文彦は義兄妹ということになるが、血は繋がっていないので、一時的に誰かの養女にするとか、いくらでも遣りようはあるだろう。

「僕は、夜見さんが好きだな……」

「そう、夜見なら似合いだわ。でも泣かせたりすると、また座敷牢に引き籠もるから大事にしてあげて」

「分かりました」

文彦は答え、いずれ義母になるかも知れない日美子の巨乳に顔を埋め込んでいった。

「アア……、いい気持ち……」

日美子は熱く喘ぎ、クネクネと熟れ肌を悶えさせはじめた。濃厚だった体臭は薄れて締まったが、彼も念入りに左右の乳首を味わった。

「ね、好きにさせて……」

やがて彼女が言って上になり、仰向けの文彦の乳首にチロチロと舌を這わせ、股間まで舐め降りていった。彼も身を投げ出して、美熟女の愛撫に身を任せていった。

日美子は股間まで行くと回復しているペニスを慈しむようにしゃぶり、熱い息を股間に籠もらせた。

（これから、どうなるんだろう……）

文彦は思った。

この屋敷で、兄や美人母娘たち五人での暮らしが始まるのだ。

しかし、その前に目の前の快感に専念するべく、彼自身は日美子の口の中で唾液にまみれた幹をヒクヒク震わせるのだった……。

＊この作品は、書き下ろしです。また、文中に登場する団体、個人、行為などは実在のものとはいっさい関係ありません。

二見文庫

未亡人《みぼうじん》と三姉妹《さんしまい》と

2022年 6月25日 初版発行

著者 睦月影郎《むつきかげろう》

発行所 株式会社 二見書房
東京都千代田区神田三崎町2-18-11
電話 03(3515)2311［営業］
03(3515)2313［編集］
振替 00170-4-2639

印刷 株式会社 堀内印刷所
製本 株式会社 村上製本所

ISBN978-4-576-22080-2
https://www.futami.co.jp/

二見文庫の既刊本

白衣乱れて 深夜の研究センター

MUTSUKI,Kagero
睦月影郎

宇宙センター勤務の影郎は、30歳になったばかり。センターの今日香博士に手ほどきを受け、その娘の亜梨沙と恋仲になるのが夢だった。ある日テレビから、50年後、すなわち80歳の影郎の声が。「マリーというアンドロイドをそっち（現在）に送るからいい思い出を作れ」と。すぐに現れたマリーの協力でさまざまな女性と……。人気作家の書下し痛快官能！